SAN-ANTONIO
POLKA

DU MÊME AUTEUR

Dans la même collection :

Laissez tomber la fille.
Les souris ont la peau tendre.
Mes hommages à la donzelle.
Du plomb dans les tripes.
Des dragées sans baptême.
Des clientes pour la morgue.
Descendez-le à la prochaine.
Passez-moi la Joconde.
Sérénade pour une souris défunte.
Rue des Macchabées.
Bas les pattes.
Deuil express.
J'ai bien l'honneur de vous buter.
C'est mort et ça ne sait pas.
Messieurs les hommes.
Du mouron à se faire.
Le fil à couper le beurre.
Fais gaffe à tes os.
A tue… et à toi.
Ça tourne au vinaigre.
Les doigts dans le nez.
Au suivant de ces messieurs.
Des gueules d'enterrement.
Les anges se font plumer.
La tombola des voyous.
J'ai peur des mouches.
Le secret de Polichinelle.
Du poulet au menu.
Tu vas trinquer, San-Antonio.
En long, en large et en travers.
La vérité en salade.
Prenez-en de la graine.
On t'enverra du monde.
San-Antonio met le paquet.
Entre la vie et la morgue.
Tout le plaisir est pour moi.
Du sirop pour les guêpes.
Du brut pour les brutes.
J'suis comme ça.
San-Antonio renvoie la balle.
Berceuse pour Bérurier.
Ne mangez pas la consigne.
La fin des haricots.
Y'a bon, San-Antonio.
De « A » jusqu'à « Z ».
San-Antonio chez les Mac.
Fleur de nave vinaigrette.
Ménage tes méninges.
Le loup habillé en grand-mère.
San-Antonio chez les « gones ».
San-Antonio polka.
En peignant la girafe.
Le coup du père François.
Le gala des emplumés.
Votez Bérurier.
Bérurier au sérail.
La rate au court-bouillon.
Vas-y Béru !
Tango chinetoque.
Salut, mon pope !
Mange et tais-toi.
Faut être logique.
Y'a de l'action !
Béru contre San-Antonio.
L'archipel des Malotrus.
Zéro pour la question.

Bravo, docteur Béru.
Viva Bertaga.
Un éléphant, ça trompe.
Faut-il vous l'envelopper ?
En avant la moujik.
Ma langue au Chah.
Ça mange pas de pain.
N'en jetez plus !
Moi, vous me connaissez ?
Emballage cadeau.
Appelez-moi chérie.
T'es beau, tu sais !
Ça ne s'invente pas !
J'ai essayé : on peut !
Un os dans la noce.
Les prédictions de Nostrabérus.
Mets ton doigt où j'ai mon doigt.
Si, signore.
Maman, les petits bateaux.
La vie privée de Walter Klozett.
Dis bonjour à la dame.
Concerto pour porte-jarretelles.
Sucette boulevard.
Remets ton slip, gondolier.
Chérie, passe-moi tes microbes !
Une banane dans l'oreille.
Hue, dada !
Vol au-dessus d'un lit de cocu.
Si ma tante en avait.
Fais-moi des choses.
Viens avec ton cierge.
Mon culte sur la commode.
Tire-m'en deux, c'est pour offrir.
A prendre ou à lécher.
Baise-ball à La Baule.
Meurs pas on a du monde.
Tarte à la crème story.
On liquide et on s'en va.
Champagne pour tout le monde !

Hors série :

L'Histoire de France.
Le standinge.
Béru et ces dames.
Les vacances de Bérurier.
Béru-Béru.
La sexualité.
Les Con.
Si « Queue-d'âne » m'était conté.
Y a-t-il un Français dans la salle ?

Œuvres complètes :

Vingt tomes déjà parus.

SAN-ANTONIO

SAN-ANTONIO POLKA

ROMAN

ÉDITIONS FLEUVE NOIR
6, rue Garancière-Paris VIe

4e réimpression
640e mille

Édition originale parue dans notre collection Spécial-Police sous le numéro 333

Texte paru également dans le Tome V des Œuvres Complètes de SAN-ANTONIO

ISBN : 2-265-01500-8

CHAPITRE PREMIER

La radio jouait : *Si t'as trop chaud dépoile-toi,* cette fameuse chanson hautement intellectuelle qui fit le tour du monde naguère en passant par le détroit de Béring.

Alentour, les pentes neigeuses miroitaient au soleil. Assis à la terrasse du *Sapin Bleu,* de Courchevel, je sirotais un cocktail Terrific (1), dont vous trouverez la recette au bas de cette page d'anthologie, lorsque je la vis.

Son transat se trouvait à douze centimètres du mien et la distance qui nous séparait me parut incomblable.

Cette souris-là, mes amis, n'achetait pas ses soutiens-gorge chez Michelin, croyez-

(1) Le cocktail Terrific : un tiers de jus de tomate, un tiers de vodka, un tiers d'huile de foie de morue, un tiers de crème fouettée, un tiers d'alcool de menthe, un tiers d'essence de térébenthine (ça fait six tiers, mais ça n'en a que plus d'unité) ! Le tout battu avec une corne à chaussure et saupoudré de poudre Nab. Se boit à la température ambiante.

moi. Ce qu'elle trimbalait devant ses poumons était bien à elle et c'est pas avec une épingle de nourrice qu'on aurait pu le dégonfler. Je connaissais au moins cent cinquante mille messieurs qui auraient dépensé une fortune pour lui sous-louer sa laiterie modèle avec tous les accessoires. Elle avait des yeux qui vous court-circuitaient le bulbe et une bouche plus sensuelle qu'une édition non expurgée du Kâma-Sûtra. Ses pantalons-fuseaux vous faisaient penser à des tas de trucs, ses bottes de cuir noir à des tas de choses dont aucune n'aurait été racontable à une Première Communion. Moi, vous me connaissez ? Quand une personne pareillement conditionnée se fourvoie dans mon espace vital (comme dirait Jean-Jacques) j'ai illico envie de lui demander de quelle couleur était le cheval blanc d'Henri IV.

Il existe plusieurs méthodes efficaces pour chambrer une nana esseulée. La meilleure consiste à la faire marrer. Les skieurs débutants qui descendaient Belle-Côte à la « va comme tu peux te retenir » me fournirent la matière idéale pour un parachutage sans balisage dans l'intimité de cette bergère. Lui désignant une grosse daronne de quinze tonnes arc-boutée sur des planches comme une naufragée sur le radeau qui la méduse, je lui dis d'un ton plaisant :

— Voilà une dame qui ferait mieux de faire de l'avalanche, plutôt que du ski.

Ma voisine de fauteuil ne sourcilla pas, ne tourna pas vers moi son beau visage bruni par l'air des cimes, n'émit pas la plus légère onomatopée. Son manque absolu de réactions pouvait s'expliquer de trois manières différentes : ou bien elle était sourde, ou bien elle était étrangère et n'entravait pas le français, ou encore — mais cette dernière hypothèse me contristait — ma tronche de séducteur ne lui revenait pas. J'entrepris séance tenante de me pencher sur son cas.

Je fis tomber mon verre vide, ce qui eut le don de la faire tressaillir, preuve que ses coquilles à déguster Mozart fonctionnaient. Ensuite je lui demandai en douze langues différentes si elle était : Anglaise, Italienne, Portugaise, Irlandaise, Auvergnate, Allemande, Polonaise, Uéraissaisse, Moldave, Japonaise (son bronzage pouvait être après tout congénital), Lyonnaise ou leucémique. Son mutisme persistant, je dus me rabattre sur la troisième solution et j'en conçus quelque humeur. C'est pas la peine d'avoir la frime de Casanova, les deltoïdes de Cassius Clay, l'intelligence de Bergson et le talent de Jean Cocteau pour que la première pétasse venue vienne vous snober à dix-huit cent cinquante mètres d'altitude ! Votre avis, mes princes ?

Je quittai mon fauteuil et me penchai sur le sien.

— Vous savez que ça se soigne très bien, lui dis-je.

Elle fronça ses merveilleux sourcils taillés dans la masse et son regard couleur de glacier fonça d'un ton.

— Je vous demande pardon ? laissa-t-elle tomber.

Elle avait une voix qui vous faisait « guiliguili » dans les trompes d'Eustache ; une voix basse et mélodieuse. On lui aurait fait lire l'annuaire des chemins de fer rien que pour l'entendre parler !

— Vous êtes toute pardonnée, mon petit.

Son regard bleu des mers du Sud fonça encore et une lueur méchante y scintilla.

— Qu'entendez-vous par « ça se soigne très bien » ? demanda-t-elle.

Je parlais de votre mutisme. J'ai un ami qui est un champion des cordes vocales. Il est arrivé à faire chanter le grand air de la Traviata à un sourd-muet et à faire réciter du Verlaine à une carpe, c'est une performance, non ? En ce moment, il fait de la rééducation à une clé à molette et aux dernières nouvelles elle ferait déjà : « Arrr, arrr » ! Moi je suis certain, mon petit, que votre cas n'est pas désespéré.

— Je vous prie de cesser ces familiarités,

qu'elle rétorqua du tac au tac, comme une mitrailleuse. Je ne vous connais pas !

— Il n'y a pas de lacune plus facile à combler ; je suis prêt à faire écrire mon curriculum au néon sur les murs de votre chambre, mon cœur. Je m'appelle San-Antonio, avec un trait d'union après le San, et le même trait d'union avant l'Antonio, par mesure d'économie.

— Et à part ça, qu'est-ce que vous savez faire ? soupira enfin la belle enfant.

Sa question, encore que rébarbative, m'incita à croire que je tenais le bon bout.

— A part ça, je sais faire des tas de choses, mon petit : peigner une girafe, peindre en noir un éléphant blanc, sucer la Tour Eiffel pour la rendre pointue, jongler avec des boules de gomme ou sculpter le buste de Mon Général dans une vieille morille moisie, et puis, ce que je ne sais pas faire je pense l'apprendre, vous savez. Il n'y a pas plus doué que moi.

— Et il n'y a sûrement pas plus bavard, riposta-t-elle.

— Comment est-ce votre petit nom ? Je ne m'en souviens déjà plus.

— Peut-être parce que je ne vous l'ai jamais dit ?

— Peut-être bien, oui. Ce sont les explications les plus simples qui sont les plus rationnelles. Alors ?

C'était la charnière de notre entretien. A

partir de cette seconde, ou bien elle m'allongeait son blaze et je n'avais plus qu'à dire le reste, ou bien elle m'envoyait chez Plumeau pour voir si j'y étais.

— Devinez !

C'était in the pocket, comme disent les Allemands qui parlent anglais.

— Barbara ? suggérai-je.

— Non.

— Eva ?

— Non plus. Vous donnez votre langue ?

— Si vous me promettez de me la rendre après usage, oui !

La môme a eu un petit rire qui s'est faufilé dans ma moelle épinière et m'est descendu jusqu'au stroumfbigntz à culbuteurs compensés.

— Je m'appelle Lydia.

— Inespéré, bredouillai-je.

— Pourquoi ?

— J'ai toujours rêvé de connaître une Lydia et je me suis payé douze dépressions nerveuses avec électrochocs parce que je n'en rencontrais pas. Dire qu'il a fallu que je grimpe jusqu'à Courchevel pour en dénicher une, ça s'arrose, ça, mon petit cœur. Vous prenez un Terrific cocktail avec moi.

— Non.

— Pourquoi ?

Elle a eu un petit froncement de sourcils.

— Je ne suis pas seule !

C'était la tuile. Je l'imaginais avec un vieux miroton à bandage herniaire, plein de sterlings et de préjugés. Elle était pile le genre de beauté qu'un délabré du calbart coltine au Grand Vefour, chez Cartier et chez Chanel histoire de faire croire au Tout-Pantruche qu'il est un vrai Casanova, une épée de plumard damasquinée !

— Erreur, mon chou, rétorquai-je ; dans la vie on est toujours seul. L'important c'est de savoir avec qui !

Et comme le loufiat passait à promiscuité (Béru dixit), je pris mon élan pour le héler.

— Deux Terrifics, Bob !

— Non : un seul ! rectifia une voix dans mon dos.

J'opérai un petit mouvement pivotant afin de mater l'incongru : je découvris un solide gaillard à côté duquel Burt Lancaster ressemblait à un petit enfant rachitique et plus décalcifié qu'une limace. Il avait l'air aussi commode que douze chiens-loups attachés par la queue à un juke-box jouant un disque d'Hallyday. J'avais vaguement l'impression de connaître cette armoire normande, mais je n'étais pas fichu de mettre un nom sur sa tronche de massacreur.

Le zig en question vint se placer devant moi, m'évitant de justesse d'attraper le torticolis.

— Ça fait un bout de moment que j'écoute tes salades, mon pote, me dit-il aimablement, et je préfère t'annoncer tout de suite qu'elles me défrisent.

J'ai bâillé d'ennui, mais poliment, en mettant ma main devant mon fume-cigare.

— Dites, mon cœur, ai-je soupiré en me tournant vers la fille, c'est votre petit camarade de pageot, ce grand truc braillard ?

Elle était un peu pâlotte, la sœur, je vous le dis. Son Julot a eu un hoquet, comme s'il venait de s'asseoir sur un brasero en activité.

— Ecoute, bonhomme, a-t-il grincé en s'inclinant sur moi, on est dans un endroit tout ce qu'y a de sélect et je voudrais pas faire du rebecca à grand spectacle sur cette terrasse. Alors, tu vas te prendre par la main et t'emmener promener plus loin, n'est-ce pas ?

— En vertu de quoi, bel énergumène ?

— En vertu de ce que ta bouille me fout le cafard, mon pote ! Barre-toi ! Et si je te reprends à baratiner mademoiselle, je te déguise en accident de chemin de fer, c'est noté ?

Je me suis octroyé un nouveau bâillement des plus badins !

— Dites, Lydia, à part déboucher votre évier ou passer la cuvette de vos ouatères à l'esprit de sel, à quoi peut bien servir ce machin-là ?

Alors là, il a piqué sa crise, le mastar ! J'ai senti que ça n'allait pas tarder à fonctionner côté biceps et que sa machine à bourrer le crâne était sous pression. Effectivement, c'est parti. Il possédait une gauche comme un butoir de locomotive et la patate qu'il m'a placée au menton m'a permis de reluquer Vénus et ses environs sans lunette astronomique. Notez que c'était un peu ma faute. Je me doutais qu'il allait biller, mais mon radar personnel n'a pas eu le temps de fonctionner.

— T'as pigé, galopin? m'a-t-il demandé, tout fiérot.

J'avais pigé. J'avais pigé à qui j'avais affaire. Une cacahuète de cette ampleur, mis à part un champion professionnel, il n'y avait qu'un type au monde capable de me la faire déguster.

Je ne sais pas si c'est venu du fait que je le voyais triple, mais je l'ai reconnu : Riri Belloise, un dur dont le casier judiciaire ressemblait, en moins propre, à des murs de lavatory.

Quelques années auparavant j'avais eu le plaisir de lui offrir une paire de bracelets à serrures à la suite d'une histoire de faux talbins. Lui non plus ne m'avait pas reconnu.

La jalousie qui l'aveuglait, probable ?

— Des fois que tu serais intéressé par des cours du soir, ricana-t-il, fais-toi inscrire à mon secrétariat.

Il m'a considéré en pouffant de rire. Je

devais avoir la mine glandularde, effondré dans mon transat avec un hématome (de Savoie) au menton.

— Dommage que j'aie pas mon Leïca, bonhomme. Je t'aurais tiré le portrait !

Sur un haussement d'épaules méprisant il s'est désintéressé soudain de moi.

— Viens, Lydia, a-t-il enjoint à sa souris. On va se faire une petite Loze pour nous ouvrir l'appétit.

Déjà le couple s'éloignait.

— Hep ! Minute ! leur ai-je lancé.

Il n'a fait qu'un demi-tour, Riri. Sa physionomie était aussi avenante que celle d'un gorille constipé.

— Môssieur veut un complément d'explication ?

— Monsieur pense qu'il faut être un drôle de lavement pour frapper un homme vautré dans un transat, fiston.

Le gars Riri n'aimait pas qu'on lui fasse la morale.

Au lieu de protester, il a défait son anorak.

— Laisse tomber, chéri, a supplié sa bergère, pas d'esclandre ici.

Mais autant essayer d'arrêter un superconstellation avec un filet à papillons. Inquiet, le loufiat qui draguait dans le secteur s'est mis à évacuer dare-dare sa verrerie. Un couple de skieurs fourbus qui débarquaient de l'Alpe Homicide croyaient qu'on charriait et rigolaient du simulacre. Je me suis levé en soupirant.

Ça a fait ricaner le king-kong.

— Pas la peine de te mettre debout, mon pote ! Je t'annonce que tu vas avoir droit à un bifton de parterre, le temps de compter jusqu'à dix !

Fallait peut-être en finir, hein, mes amis ? A votre avis ? Mon standing commençait à partir en brioche. Le standing, c'est comme l'allumage d'une bagnole : si on le répare pas au bon moment on tombe vite en carafe !

Alors je me suis mis à compter à haute voix :

— Un... deux... trois...

Et pendant ce temps je faisais le simulacre de lui cloquer ma gauche ; il contrait, mais comme j'avais retenu mon coup, que j'étais bien campé sur mes deux cannes et que lui était plus découvert que le compte en banque d'un producteur de films, il a eu droit à ma droite favorite.

Vous le savez, les gars, dans la vie, il faut toujours mettre tout son petit cœur à l'ouvrage. Il a fait « Zgnomffff », et a titubé.

— Quatre... cinq... six..., ai-je poursuivi.

Et de lui placer un une-deux à l'estom'. Il avait le naze comme un hamburger arrosé de ketchup. Il a battu l'air de ses bras et il est tombé sur son dargif, comme une poire mûre au pied de son arbre.

— Qu'est-ce qu'on décide, Riri ? ai-je demandé en m'inclinant sur sa pomme. Je continue de compter jusqu'à 10 ou je garde la monnaie ?

Il avait des yeux comme les barreaux d'un soupirail et il parlait entre deux dents because ma droite du début lui avait bloqué les maxillaires.

— Vous connaissez mon nom ?

— Tiens, on ne se tutoie plus ! On est fâchés ?

— Comment vous me connaissez ? insista-t-il.

— Mon pauvre Belloise, ce que je ne connais pas de toi pourrait s'écrire au dos d'un timbre de quittance.

Il s'est mis à genoux, mais n'a pas pu se relever. Courbé en deux, il se massait la brioche en lamentant :

— Oh ! là,là ! Oh ! ce direct au buffet ! J'ai cru que j'allais cracher mon foie dans la neige !

Lydia qui jusqu'alors n'avait pas manifesté est venue au renaud.

— Dites donc, monsieur San-Antonio, je crois que vous y êtes allé un peu fort !

Ça lui a redonné des couleurs, à Riri. De l'énergie aussi ! En ahanant il s'est remis sur ses flûtes.

— San-Antonio ! Sans blague... C'est

donc vous, monsieur le commissaire ! Vous êtes tellement bronzé, et puis avec votre serre-tête... Je vous avais pas reconnu !

— Moi, c'est à ta patate que je t'ai reconnu, Riri.

— Ça alors ! a pouffé Lydia, c'est vraiment drôle ! Ainsi, vous êtes amis !

— Amis n'est pas le mot, rectifiai-je, disons que nous nous sommes connus naguère, pas vrai, Riri ?

— Ça...

— Je t'ai perdu de vue depuis l'histoire des Bonaparte-bidons. T'avais morflé lourd ?

— Deux piges !

— Des vacances, quoi ! Et t'es venu te faire bronzer à Courchevel ?

— J'en avais besoin. Le grand air, à Poissy, on le respire avec une paille ! Si on allait écluser un gorgeon pour se remettre de nos émotions, monsieur le commissaire ?

— Pourquoi pas !

Il a eu un petit sourire farceur.

— C'est ma tournée ! a-t-il ajouté.

CHAPITRE II

C'était pas le tellement mauvais bourrin, ce Riri Belloise. D'accord, il était peu probable qu'il figurât jamais dans le répertoire des Saints, voire dans le *Who's who*. Mais, et il me l'expliqua longuement en éclusant une bouteille de champ', il avait des circonstances drôlement atténuantes : pas de père, une vieille qui se pionardait, l'enfance sans pain, les mauvaises fréquentations au départ. Les messieurs qui s'étaient occupés de son éducation sortaient tous de centrale (de celle de Poissy principalement) et, à l'heure où il me causait, y en avait une bonne charretée qui fumaient la racine de pissenlit avec la tronche entre les jambes.

On s'est séparés pour le déjeuner, bien que Riri m'eût convié à leur table.

— T'es trop jalmince pour mon goût, Riri ! Je me connais, quand je vois une nana carrossée comme la tienne j'ai tendance à vouloir jouer le « Clair de Lune » de Werther sur ses jarretelles, c'est plus fort que moi.

Il avait éclaté d'un rire dont s'étaient régalés les échos de la montagne.

— Je suis pas jalmince, commissaire. Ce matin, c'était pour l'honneur, je vous avais pris pour un cave, sauf votre respect.

Néanmoins j'étais resté sur mes positions. Trinquer avec un malfrat est une chose. Passer ses vacances de neige avec lui en est une autre. Fallait que je respecte mon standing.

On ne s'est donc plus revus de la journée. Dans l'après-midi, je me suis payé des émotions fortes dans la Saulire et le soir je suis allé draguer à la « Bergerie » où j'ai eu l'honneur et l'avantage de rencontrer une personne agréable en compagnie de laquelle j'ai passé une soirée plus agréable encore.

C'était pas le genre pin-up fracassante, au contraire. Primo, elle avait un brin de bouteille, mais discret, et ses petites pattes d'oie ajoutaient à son charme. Une dame de la bonne société, venue à la montagne pour la santé de ses enfants. Elle leur consacrait ses journées, réservant ses nuits à son usage personnel. Nous fîmes trois danses, nous bûmes deux verres et nous allâmes faire un tour. La suite je vous la dis pas parce que ça vous ferait rougir comme des langoustes si vous saviez que ladite personne possédait une voiture américaine avec sièges renversables et chauffage ambiant à pulsion cardio-vasculaire double sur mollusque hybride à perforation intermédiaire biconvexe.

La tire recouverte de neige ressemblait à un igloo. Pour y entrer, fallait dégager la lourde à la pelle de camping et faire pipi sur l'encadrement de la portière pour la dégeler, mais une fois à l'intérieur, ça valait la peine !

Elle m'appelait Gervais parce que je jouais divinement à l'esquimau frileux. Cette séance, mes aïeux ! Le père Noël en aurait chialé dans sa hotte ! A la fin du circus on a essayé un regroupement de nos académies, mais c'était pas facile, croyez-moi. Ma petite camarade avait une jambe passée dans le volant et une autre coincée à l'intérieur de la boîte à gants. J'ai vu le coup qu'on allait être obligé de la dégager avec un chalumeau oxhydrique ! Pour comble de bonheur, son après-ski a bloqué le klaxon et quand on est sortis de la charrette il y avait douze mille huit cent quatre-vingt-deux personnes avec des flambeaux et des lampes électriques qui nous attendaient.

Bref, une heure du matin sonnait à toute volée lorsque j'ai réintégré l'hôtel. De la musique parvenait du bar. Je m'y suis dirigé pour un ultime glass. Au moment où j'allais y pénétrer, une voix est sortie du salon de lecture.

— M'sieur le commissaire !

J'ai fait demi-tour. Dans une pénombre ouatée, près d'un magnifique feu de bûches artificielles dont les tubes électriques pétillaient joyeusement dans la cheminée en faux marbre imitation bois, Riri Belloise gesticulait comme un professeur de culture physique dans sa salle ou un Napolitain au téléphone.

— Qu'est-ce que tu fiches là, Riri ?

— Je vous attendais, M'sieur le commissaire.

Sa voix avait des inflexions bizarres. Une sorte d'espèce d'inquiétude assombrissait son regard.

— Ça n'a pas l'air de carburer, gars ?

— Je voudrais vous dire quelque chose !

Ça ne me bottait pas. Un zig comme Riri, quand il vous fait des confidences, c'est jamais pour vous déballer du présentable.

J'étais prêt à parier votre air gland contre une vue basse que ce tordu s'était embringué dans une vilaine histoire et qu'il comptait sur le fils unique et préféré de Félicie pour arranger les choses. Avec les truands comme lui, c'est toujours du kif : si vous avez le malheur de vider un pot en leur compagnie, ils se hâtent de vous réclamer la lune.

— Je t'écoute...

Mais il n'arrivait pas à accoucher.

— T'en fais une tronche, Riri !

— Y a de quoi !

— Bigre ! C'est si grave que ça ?

— Grave c'est un mot faiblard pour causer de mon affaire, m'sieur le commissaire.

— Dis donc, Belloise, tu me mets l'eau à la bouche et, à cette altitude, ça risque de geler !

Il a haussé les épaules. Dans le bar tout proche, le pick-up jouait un truc vachement salace et, à travers le rideau masquant la porte vitrée du salon, j'apercevais des couples si étroitement enlacés qu'on aurait dit des troncs d'arbres.

— Vous savez pourquoi je suis à Courchevel, m'sieur le commissaire ? Oh ! c'est pas pour faire du ski, croyez-moi !

Je me suis raclé la gargante.

— Ecoute, Riri, avant de balancer la vapeur, souviens-toi que je suis un poulet. Je préfère te prévenir loyalement que si ce que tu vas me dire était trop moche, j'ai beau être en vacances, j'agirais en conséquence.

— Je sais, m'sieur le commissaire. Et c'est justement parce que vous êtes flic que je me confie : je suis ici pour tuer un homme !

Après ce petit couplet il a poussé un grand soupir de soulagement et a attendu mes réactions. Je dois reconnaître que ça m'avait un peu soufflé.

— Tu m'en bonnis de chouettes, Belloise. Je ne savais pas que tu travaillais dans le raisin ?

— Justement, je veux pas, m'sieur le commissaire. Jusqu'ici j'ai mené une existence qui n'est pas publiable dans le bulletin paroissial, d'accord, mais je ne me suis jamais taché les pognes.

— Je sais, Riri.

— C'est pour ça que je suis bien décidé à ne pas faire ce qu'ils m'ordonnent !

— Qui, ils ?

Il a baissé le ton et, bien que nous fussions seuls, a coulé un regard peureux autour de lui.

— Des gens que je ne connais pas, commissaire. Des gens qui ne me contactent que par téléphone.

— Passionnant, tu joues les Chevalier Mystère. Qu'est-ce qu'ils te disent, tes zèbres ?

— Que si je bute pas la personne en question d'ici dimanche, la police recevra un dossier à mon sujet.

— Un dossier ?

Il a baissé le nez.

— Un dossier gênant que vos collègues ignorent. Permettez-moi de rester discret à ce propos.

C'était la moindre des choses et je n'ai pas insisté, c'eût été de mauvais goût.

— Et qui est... la personne en question ?

— François Lormont !

— Attends, ça me dit quelque chose, ce nom. C'est pas l'industriel ?

— Si. Il est au *Carlina* en ce moment.

Belloise n'était plus le mastar qui m'avait fait renifler sa droite le matin sur la terrasse. Il avait l'air d'un pauvre bonhomme écroulé.

— Vous voyez, m'sieur le commissaire, je mets mon sort entre vos mains...

— On t'a promis quelque chose en échange de cet assassinat ?

— Cinq briques.

— C'est pas le Pérou !

Il a haussé les épaules.

— C'est bien parce que ces mecs me tiennent autrement, qu'ils essaient de me faire marner au rabais.

Il s'est pris la hure dans ses grosses paluches de massacreur. On aurait dit un môme. Un môme de quatre-vingt-dix kilos à la bouille hachée de cicatrices, mais un môme tout de même !

— Tu as bien fait de te confier, Riri. On va aviser. Avant dimanche, tu dis ?

— Oui. Et on est vendredi !

*
**

La sonnerie du téléphone n'a retenti que deux fois et le Vieux a décroché. Il avait beau être deux heures du matin, sa voix était aussi fraîche qu'un bouquet de fleurs et plus nette que de l'anis dans lequel on n'a pas encore mis de l'eau.

— J'écoute !

— San-Antonio, monsieur le directeur !

Il y a eu une brusque chaleur dans son ton.

— Oh ! par exemple ! Alors, ces vacances ?

— Je crois que je n'en prendrai vraiment que le jour où je serai allongé dans un beau cercueil capitonné ; et encore je me demande si l'archange Machinchouette ne viendra pas me raconter qu'on lui a fauché son auréole pendant qu'il se faisait faire sa mise en plis !

— Qu'est-ce qui se passe ? Vous êtes à Courchevel ?

— Oui. Seulement j'y fais des rencontres, patron.

Je lui ai narré la petite histoire de Riri Belloise. Le boss écoutait en jouant « tagada-tsoin-tsoin » avec son coupe-papier sur le socle du téléphone. Ça vibrait dans mes feuilles désagréablement.

— C'est quel genre, votre Belloise ?

— Des gros bras pleins de biceps et une grosse tête pleine d'air. Faux billets, proxénétisme, vol qualifié... Mais jamais de sang sur les doigts, du moins pas à ma connaissance... Et vous, patron, François Lormont, vous connaissez ?

— Naturellement. Il était au lunch lorsqu'on m'a remis la cravate. Le Tout-Paris...

— Puisque vous le connaissez, pouvez-vous m'envoyer demain un garçon ayant sa stature et sa corpulence ? Bref, quelqu'un qui lui ressemblerait le plus possible.

— Vous avez une idée ?

— J'en ai même plusieurs. Nous devons absolument découvrir qui sont ces gens qui tiennent à se débarrasser de Lormont. Tant que nous ne le saurons pas, ses jours seront en danger.

— Parfait, je fais le nécessaire. Que proposez-vous donc ?

— Que Belloise tue Lormont.

Il était habitué à mes fantaisies, le Tondu. Pourtant il a cessé de faire de la musique avec son coupe-papier.

— Vous dites, San-Antonio ?

— Je dis que Belloise doit tuer Lormont... avec l'assentiment de François Lormont, bien entendu. Un simulacre, patron. Histoire de voir ce qui se serait passé si Belloise avait joué le jeu de ses mystérieux... clients jusqu'au bout.

— Vous m'avez fait peur, a rigolé le boss. Très bien. Je vous envoie un gars, et vous, vous prenez toutes dispositions avec l'industriel. Je vous donne carte blanche. Mais que tout cela reste officieux, n'est-ce pas ?

Y a vraiment des moments où on a envie de conseiller au Vioque de travailler chez C.C.C. car il n'aime pas se mouiller.

— Tout ce qu'il y a d'officieux, monsieur le directeur !

CHAPITRE III

Le *Carlina* est un établissement tout ce qu'il y a de sélect, avec eau chaude et froide à tous les étages et plantes vertes à profusion.

Il est dix heures du mat' lorsque je m'annonce, frais comme un rabbit de rabbin, dans un pull bleu ciel couleur épinard et un futal fuseau beige bien plus beau qu'un fuseau horaire fraîchement sorti des ateliers de Greenwich.

Je demande à parler à M. François Lormont. La ravissante préposée sonne l'intéressé, lequel demande qui je suis. Je fais répondre que je suis moi-même, ce qui est la vérité la plus vraie que j'aie jamais proférée. Il accepte de me recevoir.

Un groom me pilote à travers l'établissement jusqu'au deuxième étage et m'introduit dans un salon confortable avec vue sur la neige. Il y a des reproductions de Dufy aux murs et des originaux de Lévitan par terre. Je confie la face sud de ma personne à un canapé mœlleux et j'attends. Dans la chambre voisine, une radio distille du langoureux. Quelques minutes s'écoulent et la lourde s'ouvre sur un homme d'une quarantaine d'années, de taille moyenne et qui serait blond s'il lui restait des cheveux. Il porte une robe de chambre écossaise aux couleurs du clan Macdonald. Il a les pieds nus dans des mules italiennes et il fume la pipe qu'il s'est fait faire récemment. Le regard est celui d'un homme habitué aux affaires, qui jauge ses interlocuteurs en une seconde et sait, au bout de cette seconde, ce qu'il a à attendre d'eux.

— Monsieur San-Antonio ? Votre nom me dit quelque chose, attaque-t-il, bille en tête. Ne seriez-vous point ce fameux commissaire dont les exploits défrayent si souvent la chronique ?

— Fameux est un bien gros mot, monsieur Lormont.

— Vous permettez ? dit-il.

Il décroche le biniou.

— Un déjeuner complet, murmure Lormont.

Puis, avant de raccrocher :

— Voulez-vous prendre quelque chose avec moi ?

— Volontiers.

— Café, thé, chocolat ?

— Whisky.

Il sourit.

— Votre réputation n’est pas usurpée, dirait-on. Montez ma bouteille de scotch, ajoute-t-il.

Ayant passé ses petites commandes matinales, il s’assied en face de moi.

— Je suppose que vous avez quelque chose à me dire, commissaire.

— En effet, monsieur Lormont.

— Eh bien, je vous écoute !

— Je suis venu vous apprendre une triste nouvelle : on va vous assassiner.

Je ne sais pas quelle bouille vous pousseriez si je débarquais chez vous pour vous annoncer un truc comme ça. Mais je suis prêt à parier un casque à pointe contre une pointe Bic que vous deviendriez vachement pâlichon et que vos genoux feraient bravo. Lormont, lui, encaisse la nouvelle sans broncher.

— Quand ? demande-t-il paisiblement.

— Avant demain soir, monsieur Lormont.

— Qui ?

Là je me garde bien de balancer le blaze de Riri.

— Je l’ignore encore, mais je sais de source extrêmement sûre que l’événement doit se produire.

— Pour quelle raison doit-on me tuer ?

— Je comptais un peu sur vous pour l’apprendre, avoué-je.

— Pourquoi diantre ! voulez-vous que je le sache ?

— Parce qu'en général on connaît ses ennemis ou les gens auxquels on porte préjudice. On ne fait assassiner que ceux qui vous gênent. Les statistiques ont prouvé que huit fois sur dix, la victime porte une partie de la responsabilité du meurtre.

Il ne sourcille toujours pas et continue de me fixer en tétant nonchalamment son morceau de bruyère. Je viendrais lui dire qu'un tordu a embouti une aile de sa calèche, il marquerait plus de contrariété.

— La chose ne semble pas vous affecter outre mesure, monsieur Lormont ?

— En effet.

— Je vous admire.

— Il n'y a pas de quoi. Ce n'est pas du courage mais de l'incrédulité, mon cher commissaire. Je n'ai pas d'ennemis, je n'ai jamais causé de préjudice à mon prochain, du moins pas à ma connaissance, et je considère cette nouvelle comme un bobard, soit dit sans vouloir vous vexer !

— Je la tiens pourtant du futur tueur en personne.

Là, il tique un chouïa.

— Expliquez-vous !

A cet instant on frappe à la lourde et un larbin s'annonce, porteur d'un plateau abondamment garni. J'attends qu'il ait mis les adjas pour continuer.

— Les gens qui vous veulent du mal ont payé un truand pour vous descendre. Ce truand s'est dégonflé et m'a averti, voilà l'histoire, monsieur Lormont.

— Mais...

— Permettez : peut-être s'agit-il en effet d'un bobard. Mais peut-être que non. Si c'est une blague vous le verrez, si ça n'est pas une blague vous ne le verrez pas ; car si ce n'est pas une blague on vous tuera réellement.

— Mais puisque votre type s'est dégonflé !

— Lui, oui. Mais ceux qui entendent vous tuer n'en resteront pas là. Ils recommenceront. Et ils feront appel cette fois aux services d'un dur moins tendre que le premier !

L'argument a atteint son objectif. Lormont se met à touiller son café avec une lenteur de geste qui en dit long comme une nuit de noces au Spitzberg sur sa rêverie.

— Je ne fais pourtant pas de politique...

— Mais vous faites des affaires, de grosses affaires qui doivent gêner des concurrents.

Il sourit, et j'admire son calme. Malgré tout ce qu'il peut dire il a du cran, le gars ! Du cran et tous les accessoires qui vont avec.

— Si on devait tuer ses concurrents, le monde des affaires ressemblerait à la

Sologne un jour de chasse ! Même à Chicago ces méthodes n'ont pas cours, murmure Lormont.

Il médite un bref instant, puis, ayant avalé deux gorgées de caoua il demande, tout en versant un nuage de milk dans sa tasse :

— Que pensez-vous de tout ça, monsieur San-Antonio ?

— Je pense qu'il convient d'agir comme si nous étions convaincus du danger.

— A savoir ?

— Faites-vous du ski, monsieur Lormont ?

— Naturellement ! sinon pourquoi serais-je venu à Courchevel. Me prenez-vous pour un pilier de bar ?

— Des gens viennent uniquement pour le grand air, objecté-je.

Ça le fait marrer.

— Ces gens-là prennent un bol d'air dans la journée et douze whiskies le soir dans les boîtes de la station, vous le savez bien !

— Demain matin, monsieur Lormont, vous partirez faire du ski en ayant soin d'endosser un accoutrement aisément repérable. Si vous n'avez rien d'extravagant dans votre garde-robe, allez faire un tour chez Jean Blanc tantôt. Affublé de cette tenue voyante, coiffé d'un bonnet et le nez chaussé de lunettes, vous viendrez à mon hôtel, je suis au *Sapin Bleu.*

— Ensuite ?

Je prends mon scotch dans lequel un cube de glace joue les peaux de chagrin.

— Ensuite je vous expliquerai mon plan, monsieur Lormont. D'ores et déjà je vous recommande la plus grande discrétion. Comportez-vous exactement comme d'ordinaire et ne parlez à personne de ma visite.

Il hoche la tête.

— Entendu. Mais, entre nous, commissaire, ce micmac ne me dit rien. Je suis ici en vacances et ce cinéma m'est très déplaisant.

Oh ! ma douleur ! Vous verriez votre San-A. piquer sa rogne des jours J, les mecs !

— Confidence pour confidence, monsieur Lormont, je suis également en vacances à Courchevel et je préférerais dévaler le Biolley en ce moment plutôt que de m'occuper de votre sécurité !

Là-dessus, je vide mon godet d'un trait. C'est du chouette, du super-chouette, pur Malt !

— Ne vous fâchez pas, mon cher ami.

— Je ne me fâche pas : mais il est déplaisant de voir les gens bougonner parce que vous essayez de sauver leur peau.

Je me lève et marche à la porte. Lormont m'escorte. Avant de me quitter il pose sa main racée sur mon épaule musculeuse.

— Merci, et pardon, San-Antonio. Vous me plaisez beaucoup !

C'est le moment de s'évacuer, les gars, des fois que le Monsieur aurait un gros coup de tendresse pour moi !

*
**

De retour au *Sapin Bleu,* je demande à la mignonne standardiste si M. Belloise est levé et elle me répond que non. Je m'enquiers de son numéro de piaule : c'est le 22, ce qui ne manque pas de sel comme disait un marchand de morve de mes amis.

Parvenu au second, j'appuie mon oreille exercée contre le chambranle de la lourde 22, comme le ferait un toubib contre le placard d'un patient.

La porte ne compte pas 33, 33, mais elle laisse filtrer un dialogue d'amoureux :

— Passe-moi ma crème, chéri.

— Encore ! riposte Riri, maussade.

— Le soleil est mauvais et j'ai le derme si fragile !

— Derme mon c... ! rétorque Belloise, j'ai horreur que tu te foutes ces trucs gras sur la frime.

— Mais pourquoi ? s'étonne Lydia.

— Quand je t'embrasse, j'ai l'impression de bouffer un beignet. Et j'aime pas les beignets !

Je me dis qu'il est temps de stopper ces roucoulades et je toque à la turne. C'est Riri qui vient m'ouvrir. Il a un slip pour tout vêtement. A poil, il ressemble à une colonne Morriss. Sa viande est couverte de graffiti. Sur une de ses jambes, il y a tatoué : « Je ne marche plus ! » et sur l'autre : « Moi non plus. » Au bas de son bide on lit cette précieuse indication : « Robinet des officiers. » Sur l'un de ses bras : le buste de la République, une et indivisible m'a-t-on dit ; sur son buste un bras de lumière du XVIIe siècle ; sur son autre bras un portrait en pied de l'amiral japonais Bokono-Tumaplu avec toutes ses décorations. Enfin, autour du cou de notre kiosque à journaux ambulant le classique « à découper en suivant le pointillé ».

— Tiens ! m'sieur le commissaire !

Je touche son cou.

— Voilà qui sera précieux à M. Desfourneaux le jour où tu te pèseras sur la bascule à Charlot !

— Parlez pas de malheur ! grogne Riri en touchant du bois.

— Emballe tes tatouages et viens me trouver dans ma carrée, je suis au 7.

Tout en parlant, je file un coup de périscope en direction de la môme Lydia. J'en ai le palpitant qui fait un triple Nelson en arrière sans appui. Elle ne porte qu'une culotte grande comme le mouchoir d'une marquise, un soutien-lolo et un porte-jarretelles en dentelle arachnéenne. Le tout est bleu et vous convulse le grand zygomatique depuis le disjoncteur polyvalent jusqu'au glottemuche supérieur droit. Elle me regarde dans la glace de sa coiffeuse et me virgule un regard tellement brûlant que, d'instinct, je regarde autour de moi dans l'espoir de découvrir un extincteur.

— Hello ! commissaire !

Cette gosse, mes amis, vous la consommeriez sans pain ! Je me dis que d'ici pas longtemps et peut-être avant, il faudra que je m'occupe de sa géographie. C'est pas juste qu'il se goinfre tout seul, Riri. De la confiture à un cochon, quoi !

Y a des statues de marbre qui cnt sûrement chopé la danse de Saint-Gui en l'apercevant ! Elle rendrait sa virilité à un tramway désaffecté. Non seulement elle est belle et carrossée façon sirène, mais de plus elle a ce je ne sais quoi qui vous déguise le chmizblik en Fenwick. On se demande à quoi ça tient : un éclat de regard ? Un reflet de la peau ? Un parfum ? Mystère !

— C'est d'accord, je vous rejoins tout de suite ! m'assure Belloise qui n'apprécie pas tellement ma contemplation.

Mon regard colle à cette fille comme du sparadrap. Je l'arrache d'un coup sec. Ça fait mal, mais je serre les chailles !

— C'est ça, mon gars, remue-toi ; je suis pressé.

Là-dessus je regagne ma piaule. Je la trouve terriblement vide. Une chambre sans femme, c'est une choucroute sans jambon.

Vous ne pensez pas ?

CHAPITRE IV

Il est payant, Riri, avec sa limace fantoche et son futal rouge. On dirait un zouave pontifical en vacances. La chemise porte un motif bizarroïde. Le truc représente confusément une course de traîneaux dans le Grand Nord (en anglais the Big North). Il s'est cloqué un serre-tronche, histoire de faire plus martial. Et le serre-bol comporte lui aussi un motif : des feuilles de lierre. On dirait que le gars Riri vient d'enlever le premier prix de tir au poulet à la Faculté de défouraillage de Bidanlair.

Comme je me marre, il s'inquiète :

— Quoi t'est-ce qu'il y a, m'sieur le commissaire ?

— Tu ressembles à Néron enfant, lui dis-je. T'aurais une plume dans le prose, la ressemblance serait hallucinante !

Il ronge son frein en gardant les bas morceaux pour plus tard.

— Vous vouliez me causer ?

— Oui, mon lapin. J'ai pris mes dispositions concernant l'attentat.

— Alors ?

— T'as le feu vert.

— Comment ça, le feu vert ? bée Belloise.

— Tu peux trucider Lormont tout est O.K.

On lui mettrait des fourmis rouges dans son calbart qu'il ne serait pas plus surexcité.

— Vous vous foutez de moi, commissaire ?

— Pas du tout !

— C'est complètement insensé !

— Justement : j'adore les histoires de dingue.

Mais exciter trop longtemps la curiosité d'un type comme Riri n'a rien de plaisant. Son cervelet n'a pas le format Magnum, ce serait plutôt la bouteille échantillon. Je me décide à l'affranchir :

— Demain matin, Lormont viendra ici. Il sera fringué d'une manière un peu tapageuse, tu me suis ?

Avec peine. C'est un cul-de-jatte de la matière grise. Avec cécoinces, il faut adopter la vitesse croisière et ne pas oublier de mettre ses clignotants dans les carrefours.

— Oui, mais...

— Une fois dans ma carrée il se dépoilera. Pas parce que j'ai des mœurs contre nature, mais parce qu'il refilera ses fringues à un homme à moi. Lorsque mon gars aura mis les vêtements de Lormont il ira faire un peu de ski et tu le suivras, tu me files toujours le train, baby ?

— Oui, mais...

— Lorsque vous serez un peu à l'écart, lui et toi, tu le flingueras comme un lapin. C'est pas plus dif, Riri.

— Pourquoi t'est-ce que je buterais un de vos archers, m'sieur le commissaire ?

Si je le laisse se poser des problèmes, il va chauffer et péter un joint de culasse, mon Belloise. Déjà que ses culbuteurs font un drôle de bruit !

Je ne sais pas si c'est un effet d'optique, mais de la fumée commence à lui sortir des orifices.

— Tu tireras mon collègue avec le joujou que voici.

Et je sors de ma valoche un pétard qui stopperait le hoquet d'un pic pneumatique.

— Chouette mécanique, apprécie Riri.

— C'est un Beretta, l'arme de l'homme sportif. Deux dragées de ce machin-là dans la poitrine et te voilà plein de courants d'air !

— Enfin, quoi, bon Dieu, vous ne voulez pas que je mette en l'air un poulet pour sauver les os de Lormont ! C'est pas que je soye communisse, m'sieur le commissaire, mais je trouve que c'est pas normal.

— Il est chargé à blanc, gros malin !

Le visage de Belloise devient radieux comme un coucher de soleil sur la Méditerranée.

— Compris ! affirme-t-il avec une grande sobriété d'expression.

— Bravo. Je savais que tu étais un garçon extrêmement intelligent.

Je lui remets le Beretta.

— Voilà l'objet, Riri. Mets-le au frais en attendant demain.

*
**

Dans l'après-midi, je réceptionne l'envoyé du Vioque. C'est en le défrimant que je mesure la sagacité du Tondu. Il a l'american's eye, le Dabe. Laurent, son messager, a exactement la silhouette de Lormont. Même corpulence, même calvitie, même forme de visage. On pourrait croire que les deux hommes sont du même maire, mais pas de la même paire !

J'affranchis Laurent sur le pourquoi du comment du chose et il se gondole comme un Vénitien. Je l'emmène sur la piste blanche où il s'avère excellent dégringoleur. Bref, il est pile l'homme qu'il me fallait. On passe un après-midi ultra-sportif et une nuit épique dans différents établissements tous plus sélects les uns que les autres. Whiskies à gogo !

Laurent est ravi par ce turbin en forme de

vacances. Lorsque nous regagnons le *Sapin Bleu,* à une heure très avancée pour son âge, il me gazouille dans les manches à air que c'est un job idéal que le nôtre, vu qu'il vous permet de vivre des instants de qualité aux frais de la mère Marianne.

Le lendemain, d'assez bonne heure, la jeune vierge de la réception m'annonce qu'un monsieur me demande. C'est Lormont qui me rend ma politesse. Il radine, loqué d'une manière plutôt marrante. Il porte un fendard presque blanc, coupé d'une bande noire verticale. Il a un anorak agrémenté d'un aigle dans le dos. Il a sur la tronche une toque d'astrakan (Béru appelle ça de l'estragon) et ses lunettes sont en virgule.

Sarcastique, il virevolte dans la pièce.

— Ça vous va comme ça, San-Antonio ?

— C'est inespéré, monsieur Lormont, j'espère que vous me donnerez une photo en souvenir.

— Et maintenant que dois-je faire ?

— Vous dévêtir ! Je vous ai préparé une robe de chambre, des pantoufles et de quoi lire. De plus, vous pourrez demander ce que vous voudrez à la réception, la police française sera heureuse de vous offrir les boissons de votre choix !

Il ouvre de grands châsses.

— Expliquez-vous !

Je tambourine contre la cloison et Laurent fait une entrée rapide.

— Voici l'inspecteur Laurent qui va enfiler vos effets et prendre votre place !

— Et alors ?

— Il partira faire du ski. Le tueur à gages le suivra et l'abattra de plusieurs balles dans le dos !

Je lui vaporise mon clin d'yeux numéro 68 *ter* celui qui a fait perdre la tête à une rosière et ses boutons de jarretelles à la sœur aînée de ladite rosière.

— Balles à blanc, dans la neige, c'est de circonstance. Mon homme culbutera et fera le mort.

— Mais où voulez-vous en venir ?

— A ceci : pendant plusieurs heures vous serez officiellement mort !

Lormont blêmit, rougit, jaunit, verdit, violit, marronnit (comme Saint-Laurent du), orangit, arc-en-ciélit, puis reprend tant bien que mal sa couleur initiale.

— Pensez-vous un instant, mon bon ami, aux conséquences qu'aurait une telle nouvelle ? Le remue-ménage qu'en toute modestie elle causerait dans l'industrie ! L'effervescence qui régnerait dans mes usines ! L'affolement de ma famille ! Le...

Je le stoppe d'un geste péremptoire.

— Attendez : la nouvelle ne dépassera pas Courchevel.

— Mais la presse est représentée ici !

— Il se trouve que je suis un ami de Jean Laurent-Lefébure, le Lazareff de Courchevel ! Si je lui dis d'écraser, il écrasera, c'est un gentleman.

— Et ça vous donnera quoi, que la population de Courchevel me croie mort ?

— La possibilité de démasquer ceux qui en veulent à vos jours, monsieur Lormont !

— Comprends pas !

— Ils sont là, dans l'ombre, qui surveillent les agissements de leur tueur. Sitôt son forfait accompli, ils se manifesteront. C'est à ce moment-là que j'aurai ma chance de leur mettre la main au collet !

Il réfléchit.

— Je vois, mais supposons que la nouvelle transpire tout de même. Supposons que quelqu'un d'ici téléphone à un ami de Paris et que la nouvelle gagne la capitale, malgré toutes vos précautions ?

— En ce cas je ferais démentir immédiatement. Nous dirions que l'homme abattu était un voleur à la tire qui vous avait dérobé votre portefeuille avant de se faire descendre.

— Je n'aime pas beaucoup ce genre de publicité.

Il va pas remettre le couvert, Lormont ! Je suis sur le point de lui dire qu'il aille se faire empailler où bon lui semblera lorsqu'il réalise ma rogne et fait amende honorable.

— Mais peu importe ! ajoute-t-il. Marchons dans votre plan, après tout c'est votre métier. Vous êtes le policier et moi la victime !

En riant il se désape. Laurent met ses fringues. Tout est O.K. Je file un coup de grelot à Belloise qui attend d'entrer en piste dans sa chambre, en faisant probablement une fleur à sa souris. Vu l'altitude, cette fleur serait un edelweiss que ça ne m'étonnerait pas !

Dix minutes plus mieux tard, une gentille colonne se dirige vers le tire-miches de la Loze. Il y a là : le faux Lormont (qui a l'air plus vrai que l'authentique) ; puis le dear Belloise avec son Beretta dans la ceinture, et enfin le superbe commissaire San-Antonio sur qui se détournent toutes les dadames de la station.

Il fait un temps comme sur les affiches de propagande. Le ciel est bleu comme les yeux de la môme Lydia et les montagnes aussi drues que sa ravissante poitrine.

Les cannes de remontée cliquettent dans l'air salubre. Nous nous sommes élancés à la queue leu leu dans la formation décrite plus haut. La neige siffle sous nos planches la marche du général Hiver. Votre San-Antonio, mes petites loutes si chéries, ouvre grand son œil givré. Mon plan sera-t-il payant, ou bien me ramasserai-je lamentablement ? J'opte pour l'optimisme. Les zigs qui en veulent à Lormont ne doivent pas avoir une confiance aveugle en Belloise et ils le font surveiller discrètement pour s'assurer que le pote Riri ne les pigeonne pas.

Nous arrivons en haut de la Loze. Laurent largue sa canne et pique vers la vallée après avoir assuré la bride de ses bâtons dans ses pognes. Mon petit camarade Riri en fait autant. Je mate un bout de moment leurs gracieuses arabesques avant de plonger à mon tour. Mais au lieu de les suivre, je descends en biais, de manière à conserver de la hauteur par rapport à eux.

A cette heure de la matinoche, il y a encore peu de trèpe sur les pistes. Néanmoins quelques skieurs radinent et foncent, dans la position de l'œuf (celle mise à la mode par Yul Brynner). Maintenant, Belloise et Laurent se trouvent très au-dessous de moi. Ils bombent en direction de la piste bleue, suivant l'itinéraire que j'ai établi.

C'est un coinceteau tout ce qu'il y a de peinard en ce moment et où il fait bon revolvériser son prochain. Laurent s'arrête dans un nuage de neige provoqué par son savant dérapage. Il plante ses bois de part et d'autre de son académie, comme un type qui a décidé de se gargariser à l'oxygène en matant un merveilleux paysage.

Mon pote Belloise le rattrape. Je distingue confusément son geste. Ça fait BOUM-BOUM ! en majuscules, et un petit nuage de fumaga s'étire dans l'air vivifiant. Belloise repart, bille en hure, tandis que mon collègue s'écroule dans un style qui rendrait jalmince un type du Français interprétant Shakespeare.

Je ne me presse pas d'intervenir car je tiens à voir ce qui va suivre. Trois bonnes minutes s'écoulent, et mon pote Laurent gît toujours dans la neige. Il doit trouver le temps long, le pauvre biquet. Enfin un petit groupe de trois skieurs fait un crochet et s'approche de lui. J'aimerais bien voir à quoi ressemblent ces quidams.

Voilà donc le San-A. sur lattes qui pique shuss. Mes Allais 60 miaulent comme un chaton enfermé dans un frigidaire. Je suis déçu. Les trois skieurs en question se composent d'un moniteur de la station que je connais bien et de deux jeunes Anglaises auxquelles il donnait un cours. Le moniteur est agenouillé auprès de Laurent.

Il me regarde et murmure :

— Je ne sais pas ce qu'il a pu se faire, regardez !

San-Antonio regarde, mes lapins. Et ses dragées présidentielles se convulsent sous l'effet de la stupeur. Mon camarade Laurent est mort. Il a morflé deux bastos dans le buffet. Une immense tache rouge s'étend dans la neige. Je palpe son pouls : nobody ! Je regarde sa bouche : pas la moindre buée ne s'en échappe. C'est fini. FINI !

— C'est un crime ! m'annonce le moniteur en ramassant le Beretta tout chaud qui s'enfonce lentement dans la neige durcie.

— Ça m'en a tout l'air, bredouille cette nave de San-Antonio.

Je hurlerais de rage si, biscotte la neige, je ne craignais de passer pour un loup.

M'est avis que cet enviandé de Riri m'a repassé de première. Il a changé les fausses valdas du Beretta contre des vraies. D'accord, Laurent n'a pas dû souffrir. Mais sa stupeur, à ce pauvre gars, lorsqu'il a réalisé qu'il prenait de la vraie purée dans les éponges !

— Je vais prévenir les secouristes et la gendarmerie ! fais-je au moniteur.

J'ai hâte de remettre la pogne sur Belloise. Quand j'aurai fini de lui raconter ma vie, il ne lui restera plus assez d'oreille pour écouter le dernier disque de Frank Sinatra. Si toutefois il est assez patate pour m'avoir attendu !

*
**

Eh bien ! croyez-moi ou allez vous faire tatouer le numéro de téléphone de M. Jean Mineur sur l'omoplate gauche avec un curedent à fourche télescopique, mais la première personne que j'avise en radinant au

Sapin Bleu, c'est mon Riri, aussi radieux qu'un documentaire en couleurs sur les îles Hawaii. Il est au bar de notre hôtel et sirote un *between the sheets* en écoutant la radio. Il me vote un sourire en 140 de large lorsqu'il m'aperçoit.

— Alors, m'sieur le commissaire, ça va comme vous voulez !

— A merveille, Al Capone !

Il rit et profitant de ce que le barman fourbit son perco, il murmure :

— Vous avez vu ce carton ! Votre zig est un comédien de première. Ma parole, j'ai vraiment cru qu'il morflait le potage !

Il s'avise de ma mine lugubre et demande :

— Mais qu'est-ce qui se passe ? Vous semblez tout chose ?

— C'est pas moi qui suis tout chose, Riri, mais le gars que tu viens de dessouder !

— Comment ça ? bredouille l'enfoiré.

— Pas étonnant qu'il ait bien joué la comédie ; il y avait de vraies prunes dans le pétard !

Les ratiches de Belloise se mettent à jouer le grand air de Carmen.

— Dites, charriez pas, implore-t-il, j'ai horreur des histoires macabres !

Je sors de ma poche le Beretta que j'ai pris la précaution de conserver et je dégage le chargeur.

— Regarde les pralines qui restent,

Baby. Tu ne vas pas me dire que ce sont des haricots verts ?

Oh ! la bouille du gentleman, mes aïeux ! Un vrai portrait robot !

— Mais, m'sieur le coco... Vous m'aviez dit que c'était chargé à blanc... Et puis j'avais moi-même vérifié par mesure de sécurité !

Sa mine effondrée n'est pas feinte ! Il n'est pas capable d'interpréter un rôle pareil, le Riri. Lui, la subtilité, c'est pas sa longueur d'onde !

— Je vous jure, m'sieur le coco... missaire, j'y suis pour rien. Nom de Dieu ! Je serais pas allé flinguer un flic sous vos yeux, surtout après vous avoir affranchi de ce qui se passait !

— Alors si tu es blanc, dis-je, c'est que quelqu'un d'autre a remplacé les fausses balles par des vraies !

— Mais, c'est impossible !

— Qu'as-tu fait de ce feu, depuis que je te l'ai donné, hier soir ?

— Il n'a pas quitté ma poche, je le jure, m'sieur le commissaire.

— Mais toi, espèce de lavedu, tu l'as quittée, ta poche, pour dormir, non ?

— D'accord, mais mes fringues étaient à côté de mon lit. Et elles n'en ont pas bougé, Lydia vous le dira.

— D'accord, Lydia va me le dire ! Où est-elle ?

— Elle est allée faire des courses.

— Viens !

— Où ça ?

— Dans ta chambre.

— Pour quoi faire ?

— Tu le verras, mais si c'est pour ta vertu que t'as des inquiétudes, ne te court-circuite pas le bulbe, le jour où je virerai ma cuti je choisirai des partenaires plus sexy que toi !

Nous montons chez lui. Vous me connaissez, mes amis, et vous savez qu'entre une fillette au cœur tendre et moi, il y a autant de différence qu'entre une violette blanche et un rouleur de fil de fer barbelé, mais franchement, je commence à prendre des vapeurs. Après un pareil coup fourré, la Terre ne sera plus assez grande pour que je puisse planquer mon humiliation !

Nous pénétrons dans la chambre 22. La pièce est vide. Sur la table, bien en évidence, j'aperçois une enveloppe portant comme libellé :

« A cette crêpe de Riri Belloise. »

Je décachette et je lis cette simple phrase :

« *Tu as bonne mine, tueur de flic !* »

C'est tout. Mais ça veut en dire long. Le message signifie que les correspondants de Belloise n'ont pas été dupes de ma ruse et qu'ils ont su, avant même que le meurtre soit commis, que Riri les doublait.

— Tiens, dis-je, lis, c'est pour toi !

Il lit et devient jaune comme un grain de courge.

— Vous m'avez foutu dans une belle m... ! dit-il. D'ici que ces gens-là m'envoient dans l'espace, il n'y a pas loin !

— Dis-moi, Riri, ta môme était au courant de notre petit cinéma ?

Il hausse les épaules.

— Mais non, voyons !

Je le cramponne par les endosses, le forçant à me regarder.

— Tu as l'air aussi franc qu'un marchand de fonds qui essaierait de vous vendre une usine à gaz désaffectée en vous faisant croire que c'est le château de Chambord ! Tu crois vraiment que c'est encore le moment de me berlurer, Riri ?

Il baisse la tête.

— Oh ! bon, d'accord, la gosse sait. Mais elle est régulière, vous savez !

— Régulière comme les rayures d'un zèbre. Félicie, ma brave femme de mère, m'a toujours dit que la plus noble conquête de l'homme c'était le cheval et que la moins noble c'était la femme.

— Vous faites erreur, m'sieur le commissaire !

— J'adore ça, Baby. Si j'étais riche je ne ferais que ça. Seulement, voilà : mes moyens ne me le permettent pas.

Je le plaque pour aller rejoindre Lormont

dans ma chambre. Le moment est venu de subir les premiers sarcasmes !

Ma piaule est aussi vide que celle de Riri. Je me dis que l'industriel est peut-être allé aux toilettes et je décide de patienter un moment lorsque je fais une double constatation : mon couvre-lit a disparu et on a sectionné les cordes à rideaux de ma fenêtre.

Qu'en pensez-vous, tas de nécrophages ? Bizarre, hein ?

CHAPITRE V

Mon petit camarade Belloise ressemble à un monsieur qui viendrait d'allumer sa cigarette avec un numéro gagnant de la Loterie Nationale. Il a le gloufanou baladeur à fléchissement désemparé qui se conjugue au troisième groupe sanguin, les gars ! Tout comme celui du valeureux San-A. d'ailleurs !

J'ai dans ma petite tronche une minuscule idée qui prend ses quartiers d'hiver. Cette idée, c'est que cette histoire va faire parler d'elle, et de moi for the same occasion ! Va y avoir du cri dans le landerneau !

Je descends l'escalier aussi vite que les pentes de la Loze et j'interviewe miss « on vous cause », la délicieuse standardiste à lunettes. C'est une petite brunette aux yeux gris comme la mer du Nord.

— Dites, belle enfant, vous n'auriez pas vu sortir un monsieur en robe de chambre ?

Elle secoue sa tête de linotte.

— Vous plaisantez, monsieur San-Antonio ! En robe de chambre, dans Courchevel !

Elle a raison, même une pomme de terre n'oserait pas se montrer en robe de chambre dans un patelin aussi sélect !

— Autre chose, personne n'a quitté cet établissement en emportant un gros paquet, style tapis roulé ?

Elle secoue sa chevelure sombre avec la même énergie souriante.

— Quelle idée ! gazouille cette bécasse.

La sonnerie du bigophone l'interpelle. Elle susurre « Allô ! j'écoute » et je vais m'éloigner de son rade lorsque le larbin aux jambes arquées qui coltine les valoches, nettoie les pompes et distribue le papier water s'approche de moi.

— Moi, j'ai vu, fait-il avec un accent savoyard tellement forcé que ça pourrait bien être dans le fond un accent italien.

— Vous avez vu quoi ?

— Deux hommes qui emportaient un gros paquet bien long et tout mou. Même que quelque chose est tombé du paquet et que c'était une pantoufle noire !

— Par où sont-ils sortis ?

— Par le service. Ils ont pris la porte qu'on sort les skis.

— Et après ?

— Je les ai vus qui grimpaient dans une DS noire fourgonnée.

— Il y a longtemps de ça ?

— Vingt minutes.

Je me catapulte sur la standardiste et je lui saisis le combiné à pleines mains.

— La gendarmerie de Moutiers, vite ! glapis-je à la dame des pet et thé.

— Ici le commissaire San-Antonio des Services spéciaux ! lancé-je. Etablissez immédiatement un barrage sur la route entre Salins et Moutiers afin d'arrêter une DS ou une ID noire carrossée en fourgonnette. A l'intérieur vous trouverez un type ficelé dans un couvre-lit.

— Faudrait voir à ne pas vous fout' de nous ! rouspète le gendarme.

— Faites ce que je vous dis, nom de Dieu ! Pour confirmation de cet ordre, rappelez le *Sapin-Bleu* à Courchevel, vous verrez qu'il ne s'agit pas d'une blague. Arrêtez tous les occupants de la bagnole en question. Parallèlement, envoyez du monde à la gare et vérifiez si une ravissante fille brune, répondant au nom de Lydia...

Je mets la main sur l'écouteur et je lance à Belloise :

— Le blaze de ta gerce ?

— Roubier.

— Lydia Roubier, n'attend pas le train ! Compris ! Faites vite, ça urge ! D'ailleurs je vais vous rejoindre !

Je rends le combiné à la môme.

— Qu'est-ce qui est arrivé ? demande-t-elle

Mais je n'ai pas le temps de lui répondre. Je suis en train de jouer ma carrière, les mecs. Et qui plus est : ma réputation.

Si je n'écrase pas ce coup, elle ne vaudra pas plus que celle d'un faussaire en timbres-poste qui aurait contracté la danse de Saint-Guy.

Je cours troquer mes lattes de skieur contre des bottes basses en cuir souple comme la conscience d'un marchand de voitures.

— Qu'est-ce qu'on fait ? bredouille Belloise.

Ce pluriel me force à examiner son cas. J'hésite une paire de secondes et je le biche par le collet.

— Toi, tu vas rester ici, crème de nouille ! Si tu essaies de mettre les adjas, ce qui t'arrivera par la suite sera impubliable dans les journaux. Si par hasard ta souris rappliquait, motus ! Tu lui dis que tu as fait ton turbin et que je te couvre. N'essaie pas de la cuisiner, surtout, compris ?

— Compris, m'sieur le commissaire.

— J'ai pas de conseil à te donner, mais moi, à ta place, je m'achèterais les œuvres complètes de Simenon et je m'enfermerais à double tour dans ma piaule. Tu risques de graves ennuis, n'oublie pas.

Là-dessus, je file avec le larbin aux jambes arquées désenneiger ma charrette.

*
**

Je suis stoppé à Salins par le barrage de police que j'ai provoqué. Je me fais reconnaître de ces messieurs et je leur demande s'ils ont des nouvelles de ma Citroën. Ils répondent que non. Ils ont vu des DS noires, mais aucune n'était carrossée en fourgonnette. Ils les ont stoppées pourtant et les ont fouillées, sans résultat. On n'a repéré aucune Lydia à la gare. C'est plutôt mochard, hein, mes amis ?

Le petit San-A. chéri de ces dadames en mène de moins en moins large et bientôt il pourra se blottir entre les éléments d'un radiateur de chauffage central. Je regarde d'un œil nostalgique la formidable chaîne de montagnes qui se dresse devant moi, barrière inexpugnable ! François Lormont se trouve-t-il encore au cœur des Alpes, ou bien l'a-t-on emmené vers des régions inconnues par un moyen plus inconnu encore ?

En tout cas, je ne vais pas me mettre à arpenter les routes et les sentiers alpestres. En deux temps et trois mouvements de cerveau ma décision est prise. Les choses ont pris une tournure trop grave pour que je continue d'assumer l'enquête au gré de ma fantaisie. Faut que j'en réfère en haut lieu ! J'aimerais mieux me rendre aux lieux d'aisance, croyez-moi. Je suis dans une situation à côté de laquelle une cuvette de gogue occupe une position privilégiée dans l'échelle des valeurs.

Je donne l'ordre aux gendarmes d'explorer la région et d'opérer des descentes discrètes dans les hôtels afin de retrouver la môme Lydia et, éventuellement, François Lormont. Ensuite de quoi je prends la route de Chambéry, qui se trouve être également celle de Paris.

Je vous prie, non pas d'agréer l'expression de mes sentiments particuliers, mais de croire que je dépoussière le cadran de mon compteur sur toute sa surface ! Le verglas, je m'en tamponne les pneumatiques. Pas besoin de chaînes. Du reste, on vous l'a souventes fois répété : où il y a de la chaîne, y a pas de plaisir !

Les ceuss qui me voient débouler se demandent si je suis un Martien en retard ou si on est mercredi ! En pas une plombe, je déboule dans la banlieue de Chambéry. Et c'est là que la malchance continue de m'accabler. Comme je dépasse le panneau m'annonçant que je me trouve dans la capitale des anciens Ducs of Savoie, il se produit un bruit idiot sous le capot de ma guinde et celle-ci se met à battre la breloque. En jurant comme un congrès de charretiers, je vais regarder. Pas d'histoire, mes lapins : j'ai bel et bien coulé une bielle! Me voilà beau? Comme quoi, quand c'est pas votre jour, vous feriez mieux d'aller au dodo non pas avec une sœur (vous la rateriez) mais avec un somnifère.

Comme il y a un garage à vingt-cinq centimètres de là, j'y laisse ma brouette en recommandant au tôlier de faire le nécessaire. Puis je m'offre un taxi-auto qui pousse l'amabilité jusqu'à me conduire à la gare. Un employé m'annonce que le train for Paris va entrer en gare dans douze secondes. C'est une petite consolation.

Effectivement, le teut-teuf s'annonce en ferraillant. Je me vote un compartiment de first classe avec une vue sur la mer et je m'abats sur une banquette moelleuse, brisé par cette fatigue particulière que provoquent les fortes émotions.

Nous ne sommes que deux dans mon compartiment : un vieux curé habillé en ecclésiastique et moi, fringué en skieur! M'est avis que je vais avoir bonne mine en déhotant à Pantruche. Tant que je me cantonnerai aux abords de la gare de Lyon, ça ira encore, mais c'est after! Avec mes bottes et mon anorak, je vais solliciter l'attention des passants.

Le train démarre. Le curé ligote son bréviaire et je me mets à roupiller, ce qui est un passe-temps valable en l'occurrence.

Je rêve illico que je suis sur mes skis. Je dévale à toute pompe une côte raide comme la paroi d'une pissotière et je vais franchir une voie ferrée à l'instant précis où un train radine. Pas moyen d'éviter ça. Je tente désespérément de m'arrêter, mais à la suite de je ne sais quel sortilège, je ne sais plus le faire. Je pousse un cri.

— Amen ! fait le curé en refermant son livre.

Je le regarde, effaré. A ce moment-là, un loufiat de chez Cook arpente le couloir en agitant sa sonnette. Le curé se signe distraitement. C'est un réflexe conditionné : il s'est cru à la messe au moment de l'élévation. Votre gars San-A. pense que l'homme d'aujourd'hui doit, pour être en mesure d'affronter la vie tumultueuse, se sustenter un chouïa et il se lève pour gagner le wagon-restau. Me voilà qui remonte le couloir en brimbalant. Je suis meurtri au plus profond de mon être, pas par les coups de hanche que je donne aux parois du train, mais par la mort de ce pauvre Laurent ! Il était bath, mon plan d'action ! A cause de moi, un jeune gars plein de vie et d'avenir est maintenant allongé, tout raide sur une civière. J'en chialerais...

Je continue de remonter le train de mon allure de somnambule lorsqu'en passant devant un compartiment, j'ai le fouinoussard à breloques virulentes courbes qui saute dans mon éprouvette perfide, mes amis. Figurez-vous, ou ne vous figurez pas, j'en ai rigoureusement rien à branler, que, toute seulabre dans son compartiment, il y a la môme Lydia soi-même. Elle a posé ses souliers et allongé ses jambes sur la banquette d'en face. Elle lit *Elle.* Je n'en crois pas ma rétine.

Je tire la porte à glissière et j'entre. Elle lève un œil distrait, qui se dédistrait en un instant.

— Je ne vous dérange pas ? susurré-je de ma voix de velours cauteleuse dont il me reste encore un coupon.

Elle referme son journal et le dépose à ses côtés sur la banquette. San-Antonio, lui, procède alors à une petite opération délicate : il abaisse les rideaux masquant les trois vitres donnant sur le couloir. Nous voici en petit comité, elle, moi et *Elle.*

— Alors, ma choute, je dis en m'asseyant en face d'elle, on en a eu marre de Courchevel tout à coup ?

Elle hausse les épaules. Miss Barronsnous a déjà récupéré.

— Ça n'est pas de Courchevel que j'ai eu marre, mais de Riri Belloise, me déclare-t-elle. Les brutes c'est gentil un moment, mais on s'en lasse vite !

— D'accord, mais ça n'est pas gentil de larguer son homme au moment précis où il a des ennuis gros comme le mont Blanc.

— Des ennuis, fait-elle, quels ennuis ?

Ce talent de comédienne, ma douleur ! Je ne saurais pas qu'elle sait, je croirais qu'elle ne sait pas !

— Il a brûlé un feu rouge avec une lampe à souder !

— Parlez clairement, je vous prie !

Ma parole, si je la laisse gambader, dans trente secondes elle va me faire le pied de nez !

— Ignoreriez-vous la raison de son séjour à Courchevel, ma belle enfant ?

Elle ne sourcille pas, la petite peste.

— Nous sommes venus faire du ski.

— C'est tout ?

— Ça me paraît être une raison suffisante, non ?

Je ne la laisse pas se pavaner. C'est plus fort que moi. Elle écope d'une mandale qui ferait éternuer ses défenses à un éléphant. Des larmes brouillent sa vue.

— Espèce de saligaud de flic ! gronde-t-elle en se levant.

Une seconde mornifle plus impressionnante que la première se pose sur son frais minois, avec le train d'atterrissage rentré.

— Qui vous a permis ? bredouille Lydia.

— Quelqu'un de bien : moi ! J'aime autant te prévenir loyalement, ma gosse, que je suis décidé à t'administrer d'autres beignes pour me faire la main, et même à te flanquer une fessée pour me faire la rétine.

— Sale brute !

Elle étend le bras et décroche l'un des stores. Le panneau de toile s'enroule d'une seule détente. Je l'abaisse de nouveau et d'une troisième morniflette je couche ma môme sur la banquette.

Elle se met à hurler à pleine voix. Je lui fourre d'un geste prompt mon mouchoir dans le bec.

— Tu me le rendras quand tu seras calmée, lui dis-je, car il est brodé à mes initiales !

Elle étouffe et refoule le mouchoir.

— Vous êtes..., vous êtes..., commence la douce enfant.

— Je sais, coupé-je, ne cherche pas à dresser la liste de ce que je suis, tu en oublierais. Belloise m'a dit que tu étais au courant de tout, pas la peine de me berlurer ! Telle que te voilà démarrée, Lydia, tu risques de finir ta belle jeunesse en taule, ma chérie ! Tu t'es rendue coupable de meurtre avec préméditation en remplaçant les balles à blanc par de vraies balles. Le fait que tu n'aies pas appuyé sur la détente n'est pas une circonstance atténuante. Je te vois très bien écopant de quinze ou vingt piges ! Quinze ans sans massage, sans bronzage, sans salons de coiffure, sans instituts de beauté, sans gymnastique. Quinze ans sans amour, Lydia, réfléchis un tantinet. Lorsque tu ressortiras du trou, même avec une remise de peine pour bonne conduite, tu ressembleras en moins bien à la fée Carabosse ! Or ces années de taule me paraissent inévitables. Je t'arrête, tu piges ?

Mon petit discours à bout portant porte. Elle est pâlichonne tout à coup, malgré les beignes que je lui ai administrées.

Psychologue, hein, le San-A. ? Il connaît les femmes et leurs soucis ! Je l'aurais menacée de mort, ça ne l'aurait peut-être pas commotionnée, mais lui parler de sa beauté flétrie, c'est une autre paire de choses.

Maintenant, il faut brosser un second volet pour gagner la partie.

— Supposons que tu deviennes raisonnable, mignonne, et que tu te confies à ton San-Antonio adoré, hmm ? Tu sais ce qu'il fait, le San-Antonio vénéré ? Il oublie que tu as joué un très vilain rôle dans cette affaire. Il oublie que tu as tué mon petit camarade par personne interposée. Oui, il sait ça. D'accusée, tu deviens simple témoin. Pour l'instant, je suis à l'intersection de ton destin, penses-y. Mais si tu t'obstines, je te fais emballer à la prochaine gare et tu es plus marron que deux kilos de châtaignes dans de la crème au chocolat parce qu'alors il sera trop tard.

— Oh ! vos promesses de flic ! ronchonne la belle gosse.

— Les flics ont leurs faiblesses.

Je change de banquette et je me place à ses côtés. J'entoure son épaule de mon bras athlétique.

— Tu as sans doute déjà remarqué que tu étais mon genre, non ? Car en somme, c'est parce que tu m'avais tapé dans l'œil que tout cela est arrivé. Vrai ou faux, adorable voyageuse ?

Elle acquiesce, mollement. Je me dis que c'est le moment de lui déballer mon savoir et je l'embrasse fougueusement. Pour qu'il n'y ait pas d'équivoque entre nous, je lui octroie au prix coûtant ma galoche romaine façon Néron. La porte de notre compartiment s'ouvre et l'employé du wagon-restau nous mate d'un œil salingue.

— Mande pardon, fait-il, voulez-vous des tickets pour le second service ?

— Non, merci, le congédié-je.

— Monsieur a tort, rigole le zig, il y a justement de la langue persillée au menu.

Il se taille sur cette boutade de Dijon (il est bourguignon et roule les « r »).

Je reprends mes prouesses amygdaliennes là où je les ai laissées. Elles ne semblent pas déplaire à la môme Lydia, bien au contraire. La voilà qui se plaque contre moi, qui m'étreint, qui me chevauche, qui me comprime, qui s'exprime, qui s'incruste, qui s'insinue, qui s'empare, qui ne désempare pas, qui promet, qui tient, qui tient bien, qui n'y tient plus, qui se dit que deux tu les as vaut mieux qu'un tien tu l'auras...

Vous parlez d'un interrogatoire, mes petites poules ! Prenez votre tour, y en aura pour tout le monde ! C'est la fiesta héroïque, la chevauchée infernale, le rodéo des grands jours.

A dada ! Les vins du Postillon, à moi ! Vive la S.N.C.F. une et indivisible ! Le mouvement berceur de la voie ferrée, c'est l'opium du peuple, mes fils ! Hommage au génie français qui a tout prévu : les accoudoirs et les repose-nuque. San-Antonio est en train de gagner la bataille du rail ! Il va décrocher le ruban bleu ! Il est dans les temps du record du monde ! Il s'envole vers l'arrivée sous les ovations de sa partenaire en délire qui l'encourage frénétiquement !

Il va gagner le canard ! Et puis soudain, il se passe quelque chose : le bruit du train devient plus présent. Je réalise qu'on vient d'ouvrir la portière du couloir. J'entends une espèce de crépitement. La môme Lydia cesse de se trémousser. Elle est effondrée contre moi. Je la dépose sur la banquette et je m'aperçois qu'elle a le dossard farci de petits trous. Un monsieur peu galant lui a vidé un chargeur dans les reins pendant qu'elle s'envoyait en l'air. Elle se trouvait déjà sur la rampe de lancement pour le septième ciel. Maintenant elle n'a qu'à poursuivre sa route : c'est tout droit !

Elle a perdu connaissance, son souffle est bref, saccadé. Le sang ruisselle de son beau corps ardent.

Je me palpe, ahuri de n'avoir pas morflé de bastos. Mais non : excepté deux prunes qui se sont logées à côté de ma tête dans le drap rouge de la banquette, c'est Lydia qui a tout intercepté.

Je bondis dans le couloir. Celui-ci est vide. Je ne sais quelle direction choisir. Je me dis qu'il y a intérêt à foncer vers le wagon-restaurant. Au passage, je jette un coup d'œil dans tous les compartiments et partout je n'aperçois que de paisibles voyageurs. J'ouvre les portes des toilettes : chose curieuse, toutes sont vides. Enfin j'arrive au wagon-restaurant.

Peu de trèpe. Ce train ne comblera pas le déficit des Chemins de fer de l'Etat. En cette période de sports d'hiver, il faut dire que le trafic s'opère surtout dans le sens contraire. Il va à Paris chercher les futures fractures.

Le préposé en veste blanche qui m'avait vanté la langue persillée m'accueille avec un petit sourire aimable.

— Deux couverts, monsieur ?

— Non. Je n'ai pas faim. Je voudrais

savoir si quelqu'un vient d'entrer dans ce wagon.

Il ouvre des billes de loto grand format.

— Comment ça, monsieur ?

— Le service est commencé depuis un bon moment, n'est-ce pas ? Je vous demande s'il y a eu des retardataires !

— Pas à ma connaissance ! Non, tout le monde est ici depuis le début.

— Merci.

Pas de bol, mes frères ! Il semble que le tueur du train se soit volatilisé. Et pourtant il est bel et bien dans l'un de ces wagons fonçant à cent à l'heure dans la campagne françouaise ! Je me tape la totalité du convoi en matant chaque voyageur sous le naze, mais je ne dérouille pas. Une fouille de chaque personne serait négative car il est fort probable que le meurtrier s'est débarrassé de son perforateur à injection directe !

Je me décide à affranchir le contrôleur et nous organisons un petit programme maison pour garder l'assassinat secret.

J'ai provoqué pas mal de casse jusqu'à présent, et je ne tiens pas à me faire une publicité démesurée.

Maintenant il va falloir affronter le Vioque pour lui faire part de mon tableau de chasse, et j'ai dans l'idée qu'il va y avoir des pleurs et des grincements de dentier !

CHAPITRE VI

Le Vioque, je l'ai vu avec bien des visages différents, depuis que je marne pour sa pomme. Je l'ai connu radieux, courroucé, acerbe, hautain, familier, bon enfant, taciturne... Mais je ne lui ai jamais vu cette bouille-là. Il est prostré et je ne sais quoi de douloureux assombrit son front-qui-n'en-finit-pas !

— Je résume, murmure-t-il : vous avez remis à un truand un revolver avec lequel il a trucidé votre collègue. Pendant ce temps on a kidnappé François Lormont dans votre propre chambre et, un peu plus tard, la maîtresse du tueur a été abattue dans le train alors qu'elle se trouvait en votre compagnie. C'est bien cela, n'est-ce pas ?

Je dois être un peu pâlot, les gars ! J'ai la moelle épinière qui se transforme en crème fouettée.

— C'est cela même, monsieur le directeur.

Le Tondu masse sa dragée délicatement comme s'il craignait de se fêler la coquille.

— San-Antonio, dit-il d'une voix si sourde qu'on a envie de lui acheter un sonotone, San-Antonio, si vous ne retrouvez pas Lormont à bref délai, je saute !

Un frisson glacé me parcourt de haut en bas, de gauche à droite et en diagonale.

Jamais le boss n'a fait allusion à sa destitution. Il lui est arrivé d'envisager la mienne, mais pas la sienne. Ça me chanstique le bergougnouf fromental à lipothymie variable.

J'imagine cézigue avec une canne à pêche dans ses belles paluches manucurées, attendant la bonne volonté d'un goujon pour éprouver dorénavant des sensations rares.

— Tout de même, monsieur le directeur !

— Lormont est le beau-frère du ministre des Fonds Perdus !

— Je comprends. Est-ce que ma démission arrangerait votre cas ?

Il s'empourpre comme un évêque qui vient d'être promu cardinal de première classe.

— Je me fous de votre démission, San-Antonio !

C'est la première fois que j'entends le père Ladorure lâcher un gros mot.

— Ce que je veux, poursuit-il, c'est un

résultat immédiat : vous retrouvez Lormont vivant ainsi que ses ravisseurs !

Il me désigne la lourde. Moi, si je m'écoutais, je lui ferais bouffer son encrier de marbre, mais je me fais la sourde oreille fort heureusement et je m'évacue vers des régions plus accueillantes : à savoir le troquet du coin.

Béru discourt au milieu d'un cercle d'admirateurs.

— On dit toujours San-Antonio ! tonitrue l'Enflure. Eh bien moi, je vous réponds simplement ceci : San-Antonio mon c... ! Si je serais pas là dans quatre-vingts pour cent des cas, le commissaire se prendrait un bide !

— Pour en avoir un comme le tien, il faudrait qu'il se le bourre de son, hé, poubelle ambulante !

— Siouplaît ! gronde le Gros qui n'a pas détecté mon noble organe.

Il se détourne, m'avise et sa trogne violacée devient d'un très joli bleu turquoise.

— T'étais là, San-A. ! éructe Béru.

— Oui, mon gros beignet froid. J'étais là ! Alors comme ça, c'est toi le Sherlock Holmes attitré ? C'est sur ta bedaine avariée que j'ai construit ma carrière ?

Le Mahousse rejette son bitos avachi derrière son crâne également avachi.

— Si on peut plus plaisanter, je préfère m'engager dans les C et Ress !

— Tu es déjà dans les C, Béru. Dans les petits « c », ça n'est pas si mal.

La vaillante assemblée éclate de rire et Lagonfle arbore une bouille piteuse !

— Paie ta tournée et amène-toi, lui enjoins-je.

Il obéit sans rechigner. Lorsque nous sommes sur le trottoir, Sa Majesté essaie de plaider non coupable.

— Veux-z'en-moi pas, San-A. Tu sais ce que c'est ? On cause, on cause...

— Et on cause préjudice à l'homme qui vous a fait nommer inspecteur principal. Apprendre ça lorsqu'on est au bord de la destitution, c'est dur !

La bonne pomme se fout à chialer et à renifler.

— Fends-moi pas le cœur, San-A. Tu sais bien que je me jetterais au feu pour toi !

Puis, réalisant mes paroles :

— Comment ça, au bord de la destruction ! Qu'est-ce qu'y se passe ? Et puis d'abord comment ça se fait que tu n'es plus z'en vacances ?

— Ouvre un peu tes étagères à mégots, bonhomme !

Je le mets au parfum de ce qui se passe. Le Gravos, c'est pas Einstein, mais en matière d'enquête, il a de la jugeote.

Il m'écoute attentivement, poussant parfois des « Gnouff, gnouff » de goret devant son auge pour marquer son intérêt.

— Tu vois, conclus-je. C'est la grosse faillite, me voici dans le cirage. Je me dis que j'aurais dû rester à Courchevel et chercher sur place... Franchement, Gros, j'ai un coup à vide !

Il me dépêche une bourrade affectueuse qui me fait descendre du trottoir.

— T'es toujours commak au début d'une affaire compliquée, et puis après ça se met à carburer, tu le sais bien !

Son œil globuleux est suintant d'une tendresse humide.

— T'as quand même un pion de réserve, me fait-il remarquer.

— Qui ?

— Riri Belloise, pardine ! C'est le lien qui te rattache à la mystérieuse bande, San-A., oublie-le pas !

— Mais je te répète qu'il ignore tout de ces gens !

— Ça reste à prouver ! Et puis en admettant qu'il les connaisse pas, eux le connaissent. Le lien que je te cause est peut-être à sens unique, d'accord, mais il existe !

Je file un regard éperdu à mon pote. D'un seul rétablissement il vient de reprendre sa place dans mon estime. Riri Belloise ! Mais oui, of course !

Je fonce au Burlingue et je réclame le *Sapin Bleu* à cor et à cric, et en priorité. Cent deux secondes plus tard, j'ai Riri à l'appareil.

— Ici San-Antonio. Il faut que tu rentres à Pantruche dare-dare, bonhomme. Je donne des instructions pour qu'une chignole te conduise à Genève où tu prendras un zinc pour Orly. O.K. ?

— Comme vous voudrez, m'sieur le commissaire.

Puis, timidement :

— Vous avez des nouvelles de Lydia ?

— Yes, baby. Amène-toi, on en causera !

Je raccroche.

— Et maintenant, fais-je à Béru : au *Figaro !*

— Tu veux te faire raser ? demande cet étourdi.

— Non, je veux publier une annonce !

— Tu veux vendre ta Jaguar ?

— Non plus. C'est la peau de Belloise que je brade !

***

Au début de l'après-midi de cette sombre journée, Belloise fait une arrivée discrète à Orly. Je le pique à la sortie de la douane. Il me virgule un sourire appétissant.

— Tiens, c'est gentil d'être venu m'attendre.

Mais ma mine sinistre le fait tiquer.

— Hé, dites donc, m'sieur le commissaire, c'est pas pour m'embastiller au moins ?

— Non, Riri, c'est pour t'apprendre une mauvaise nouvelle ! Tu es veuf !

De saisissement, il laisse tomber son étreint-en-ville sur l'asphalte du parking.

— Vous dites ?

— Que ta môme Lydia a trépassé, fils. Aie un peu de courage.

Il a les ratiches qui applaudissent. Des cernes gris soulignent son regard.

— Morte !

— A ne plus en pouvoir. Tu pourras lui acheter des chrysanthèmes. Console-toi en pensant qu'elle t'avait vraiment joué un mauvais tour. Car c'est elle qui avait changé les balles dans le Beretta.

— Qu'est-ce qui lui est arrivé ?

— Un chargeur de neuf millimètres dans le dos.

— Quel est l'enfant de salaud qui a fait ça ?

— Point d'interrogation à la ligne ! Mais fais-moi confiance, nous le saurons bientôt !

— Buter une fille comme elle, faut être sadique, ou quelque chose de ce genre, non ?

— Ecoute, Riri, ta bergère était mouillée jusqu'à la moelle dans cette affaire. Il y a longtemps que tu étais avec elle ?

— Non, quinze jours !

— Alors, c'est la bande qui l'avait collée sur ta route.

— Pourquoi qu'ils l'ont effacée, alors, si elle faisait partie de leur équipe ?

Tout en devisant, nous avons rallié ma chignole. Nous prenons place et je roule molo jusqu'à la sortie du parking où le préposé bouclé dans sa guérite de verre ramasse mon ticket.

— Hein, m'sieur le commissaire, insiste Belloise, pourquoi ?

— Parce qu'elle était en conversation avec moi et qu'elle commençait à s'affaler.

Il rugit.

— Dites donc, ce serait pas vous qui... ?

D'un coup de coude dans le baquet, je le fais taire, sans lâcher mon volant.

— Traite-moi d'assassin, pendant que tu y es ! Ta Blanche-Neige te pigeonnait comme un pauvre lavedu que tu es, et tu es prêt à risquer le gnouf pour défendre sa mémoire ! Tu me fais marrer, hé, Bayard !

Nous nous dégageons et je plonge sous le tunnel.

— Si je suis venu te chercher, ça n'est pas pour te présenter mes condoléances, mais pour te demander ton concours en vue de la kermesse que j'organise à la paroisse Royco !

Il hoche la tête.

— Qu'est-ce que c'est encore ? Un nouveau rodéo ?

— La ferme, et garde tes fines astuces pour le prochain banquet des malfrats que tu dois sûrement présider. Voilà le topo : les gars de la bande s'imaginent t'avoir enviandé de première. Le petit mot ironique qu'ils t'ont laissé le prouve. Ce qu'il faut, c'est leur faire croire que tu es moins patate qu'ils ne l'imaginent.

— Mais comment ?

— En leur laissant entendre que tu sais des choses sur leur compte.

— Mais je sais rien de rien ! tonne Riri.

— Qu'est-ce que ça fout du moment que tu prétends le contraire !

Je biche in my pocket la page d'annonces du *Figaro*. Quelques lignes sont cernées de rouge, je les lui désigne et il lit laborieusement, comme un môme qui vient tout juste de se farcir l'alphabet :

« *Belloise à ses clients de Courchevel. Prière adresser urgence somme convenue. Sans réponse sous 24 heures, traiterai avec qui vous pensez.* »

— Qu'est-ce c'est que cette annonce ! s'insurge le chourineur.

— Ouvre bien tes entonnoirs à ondes courtes, Baby. Lorsque nos mystérieux foies-blancs liront cette prose, ils se diront que la môme Lydia t'a peut-être fait des confidences sur l'oreiller. Comme elle est cannée, elle ne pourra pas les rassurer sur ce point ; alors, par mesure de précaution, ils voudront te neutraliser !

Il n'en mène pas plus large qu'un filet de sole dans un sous-main. Du coup il oublie son veuvage, Riri. Sa petite santé vient de passer à l'ordre du jour, et il bredouille :

— Dites, mais je vais avoir droit à une infusion de parabellum, moi aussi !

— Nous serons là, Riri !

Il s'emporte :

— Dites, sur la Loze aussi vous y étiez ! Ça n'a pas sauvé la vie à votre copain ! Et vous étiez au *Sapin Bleu,* c'est pas pour ça qu'on n'a pas enlevé Lormont !

Je sais bien qu'il a raison de parler ainsi. Mais dans ces cas-là, si l'on veut sauvegarder la face il faut crier plus fort que l'intéressé.

— Je te dis que notre dispositif sera sans bavure, bon Dieu !

— S'il l'est pas, vous m'enverrez des fleurs !

— A condition qu'on puisse les porter sur notre note de frais ! Tu vas rentrer chez toi, t'y planquer et attendre que les autres se manifestent. N'ouvre à personne d'autre qu'à moi, vu ?

— D'ac.

— S'ils te contactent par bigophone, fais

semblant de marcher dans leurs vannes et accepte un rendez-vous.

— Mais...

— Avant de sortir de chez toi tu fermeras les volets. Nous serons dans les parages et nous comprendrons. T'inquiète pas, mon loup, on va veiller sur toi comme si tu étais la reine d'Angleterre en balade à Pigalle.

— Vous finirez par avoir mes os, prophétise sinistrement Riri.

— Ce serait pas un cadeau, va !

Je le largue au coin de sa rue. Et je le suis des yeux jusqu'à ce qu'il soit entré dans son immeuble. Maintenant le dispositif est en place, il ne reste plus qu'à attendre. Ça ressemble à la pêche au vif. Si le brochet a un peu d'appétit, ça risque de rigoler.

Je fais le tour du pâté de houses et je largue ma brouette pour grimper dans la camionnette de blanchisseur à l'intérieur de laquelle le Plantureux est en train de saucissonner, un kil de rouge entre les jambes !

CHAPITRE VII

Une petite pluie gluante dégouline sur le pare-brise de la camionnette. Il fait froid. Engoncés dans nos lardeuss, nous avons la sensation déprimante, le Gros et moi, d'être transformés en statues de marbre.

Sa Majesté renifle puissamment et murmure :

— J'en ai plein les galoches de cette planque. Voilà plus de six heures qu'on se gèle les breloques dans cette saloperie de voiture. En plus de ça, j'ai contacté le torticolis à force de bigler les fenêtres de ton gars.

— Tu n'aurais pas fait un bon astronome, Béru. Si tu prends le tournis en regardant une croisée, qu'est-ce que ça serait si tu visionnais la planète Mars !

— Acré !

Il me désigne le troisième étage de l'immeuble modeste où demeure Belloise. Ce dernier est en train de fermer ses volets. Je branche le contact de mon poste radio et j'appelle les zigs du service d'écoute !

— Du nouveau ! monsieur le commissaire. On vient de téléphoner à Belloise. Une voix de femme. On lui a fixé rendez-vous porte de Saint-Cloud, au rond-point de la Reine. On lui a dit de se tenir devant le marchand de journaux dans vingt minutes et d'attendre.

— Envoyez deux inspecteurs sur les lieux.

— Bien, monsieur le commissaire !

— Plus une voiture-piège munie de l'équipement cinématographique. Je veux un film complet de l'arrivée de Belloise et ses éventuelles conversations.

— Entendu.

Je coupe le jus au moment où Riri débouche de chez lui. Il se met en marche dans la rue. Puis avisant un taxi qui survient, il lui fait signe. Le bahut stoppe à sa hauteur. Riri prend place dans le véhicule et fouette cocher !

Je décarre à mon tour. J'espère que c'est pas Fangio qui pilote ce tréteau, car avec ma camionnette je ne suis pas équipé pour faire du slalom dans le flot de la circulation.

Nous roulons un bout de temps, peinards. Je me dis que tout est en ordre. Au cas où je perdrais le contact, je sais où va Riri, et puis mes hommes seront en place, prêts à intervenir.

— Dis donc, murmure Béru tout à coup, c'est pas par là, la porte de Saint-Cloud. M'est avis qu'il va plutôt du côté de Denfert-Rochereau !

Le Mastar a raison. Au début, j'ai cru que le chauffeur du bahut voulait éviter des sens uniques trop emmaverdavants, mais cette fois, y a pas d'erreur : il va carrément au sud au lieu de foncer à l'ouest.

— Qu'est-ce que ça signifie ! murmuré-je. Nos services d'écoute ne se seraient pas gourés par hasard !

Je remets le contact.

— Ici San-Antonio, voiture 24. Dites, les enfants, vous êtes certains que le rendez-vous a été fixé au rond-point de la Reine ?

— Absolument certains, monsieur le commissaire.

— Il n'y a pas eu d'astuces ?

— Non. La fille a été extrêmement brève et précise.

— Dites à une bagnole équipée de se mettre en liaison avec nous et d'essayer de nous joindre, nous filons sur Denfert-Rochereau ! Terminé !

— Appuie un peu, San-A., recommande la Seigneurie, le taxi a changé de développement !

Le Gros pousse un cri.

— Vise un peu !

— Quoi ?

— Le taxi ! *Maintenant ils sont trois*

dedans! Et pourtant personne est monté en route !

— Pigé, Gros. C'est un taxi piégé ! Il y avait un deuxième type caché près du chauffeur. Il tient sûrement Riri sous la menace de sa seringue. Les gens de la bande se sont méfiés. Ils ont donné un rendez-vous bidon par téléphone en prévision d'une table d'écoute éventuelle. Ce sont des malins !

Le taxi nous sème du poivre et je n'aime pas ça.

A ce moment le grésillement de la radio retentit et la voiture 2 entre en liaison avec nous.

— Nous remontons le boulevard Raspail ! annonce l'intéressé.

— Alors foncez jusqu'à la place d'Italie, nous allons y arriver...

— Appuie ! hurle Béru. Ils nous moulent !

J'appuie, la rage au cœur. Il ne manquerait plus que Belloise se fasse mettre en l'air ! C'est pour le coup que je n'oserais plus reparaître devant le Vioque.

La poursuite continue.

— Tu crois qu'ils nous ont repérés ? demande le Gravos.

— Je l'ignore.

Je lance dans le micro :

— Nous piquons sur l'avenue de Choisy !

J'attends un instant et ajoute :

— Maintenant rue de Tolbiac, en direction de la Seine !

Le taxi nous est masqué par une grosse voiture de déménagement, jaune cocu. Lorsque nous doublons le lourd véhicule, nous poussons un cri de désespoir : le bahut a disparu.

Je roule comme un perdu jusqu'au quai de la Gare : rien ! Pas plus de taxi en vue que de beurre dans un restaurant espagnol.

— Et maintenant ? demande notre bagnole suiveuse.

Maintenant ils peuvent aller faire une belote.

— Le taxi a disparu, dis-je.

Et je coupe le contact.

— Tu sais ce que je pense ? murmure le Gros.

— Non.

— Le taxi n'a pas eu le temps de parcourir toute la rue jusqu'au quai. Ce p... de camion nous l'a caché quelques secondes seulement. C'était pas suffisant pour qu'ils arrivent au quai ; on les aurait vus.

— Alors quoi ?

— Alors ils se sont arrêtés en route !

— Mais on n'a vu aucun taxi en stationnement !

— T'as pas remarqué ? Il y avait un garage ; suppose que...

Je ne lui laisse pas le temps d'achever. En

moins de temps qu'il n'en faut à un lapin pour perpétuer son espèce, je vire sur les chapeaux de roues, je contourne le paquet de maisons, comme dit le Béru, et je me retrouve dans Tolbiac Street. Le garage est là, à cent mètres sur la droite. C'est un établissement modeste, délabré. Un atelier de réparations plus qu'un garage. Une vieille pompe à essence maculée d'huile et crépie de poussière se trouve à l'intérieur.

— Je te parie un sandwich rillettes que c'est ici qu'il est entré, m'assure le Gravos.

Je fais un mignon virage et je me présente dans le garage. Je stoppe près de la pompe. On ne voit rien de suspect : pas de taxi.

Un type en combinaison bleue, brun et pas sympa, s'avance.

— Qu'est-ce que vous désirez ?

— De la tisane, fais-je.

— Ici y a pas de super !

Je lui désigne ma fourgonnette.

— Vous savez, je la nourris pas à l'éther ! Je ne suis pas aussi volatile !

Il a un sourire aussi torve que le pied d'un fauteuil Louis XIII et opine. Je fais signe à Béru d'explorer les zabords. Tandis que le mécano décroche le tuyau of the pompe.

— Mande pardon, fait l'enflure Bérurienne, ou c' qu' sont les lavoires taris, siouplaît ? demande-t-il au garagiste.

— Les quoi ? s'étrangle l'homme à la salopette salopée.

— Les gogues, rectifie le Gravos.

Et d'ajouter aimablement :

— L'anglais, c'est comme le cassoulet toulousain : ça vous échappe !

— Y a pas de toilettes ici ! rétorque le pompiste.

A ce moment-là, il jure comme un perdu. Il a une vieille pompe à main, d'un modèle très vétuste. Elle ne débite le sirop que par tranche de cinq litres. Or, l'essence coule de mon réservoir que c'en est une malédiction !

— Mais il est plein, votre réservoir ! grogne le garagiste.

— Tu vois que ça venait pas de l'essence ! décrète le Mahousse avec une présence d'esprit dont il convient de le féliciter chaudement.

— C'est l'allumage, dis-je. Vous pouvez regarder mon delco, patron ?

Sans mot dire, mon zèbre va soulever le capot. Béru en profite pour gagner les profondeurs du garage. Il revient illico, surexcité comme trois chatons sur une plaque chauffante.

— Le bahut est ici, me souffle-t-il, derrière la grosse dépanneuse que t'aperçois !

Bravo Béru ! Je lui roulerais une galoche, pour peu que la fée Marjolaine veuille bien le transformer en une ravissante pucelle de dix-huit ans (blonde de préférence).

— O.K., lui dis-je, alors on va donner l'assaut, bonhomme. Primo, le garagiste. Je vais lui faire déguster une infusion de capot.

— Mettez voir le contact ! brame l'intéressé.

Je mets le contact, et il emballe le moteur.

— Mais il n'a rien, votre delco. Ça tourne rond ! clame-t-il.

Pour toute réponse, je pousse le capot relevé. Il le morfle en pleine nuque et pousse un cri. Mais il a une tirelire en fonte, le chéri ! Le voilà qui fait un patacaisse de tous les tonnerres, battant l'air de ses bras.

Je relève le capot !

— J'ai vu trente-six chandelles ! dit-il.

— C'était beau ? rigole Béru.

— Non, mais dites donc !

Le Gros rejette son bitos en arrière, ce qui, chez lui, a toujours été le signe d'une détermination profonde.

— Tu permets que j'offre à môssieur l'éclairage au néant ?

Et sans attendre mon approbation, voilà Sa Majesté qui place un crochet à l'estom du pompiste. C'est pas le modèle jeune fille, et d'ailleurs il ne figure sur aucun catalogue. Le style locomotive quoi !

Mon mécano émet un râle d'extase, que le Béru lui fait gober d'un coup de boule dans le clapoir. Monsieur Joint-de-Culasse s'expatrie au pays des pommes, sans demander de visas.

On traîne ce charmant homme jusqu'au box vitré servant de burlingue. Le local est encombré de pneus pas déballés et de courroies de ventilateur. Comme nous le déposons sur de la gomme d'hévéas traitée par Michelin, il reprend ses esprits et essaie de venir au suif. Je le calme en lui montrant l'ami Tu-Tues.

— Qu'est-ce que ça veut dire ? demande le gars.

— Ça veut dire les mains en l'air, dis-je. Mais si je presse sur la détente, ça voudra dire « adieu, mon pote » ; tu ne risques pas de te gourer dans l'interprétation. Y en a qui le disent avec des fleurs, moi je suis plus direct.

— Qui êtes-vous ? bredouille la victime du Gros.

— Si tu es bien sage, je te promets qu'on t'enverra nos extraits de naissance. Mais si tu n'es pas sage, on te fait avaler le tien, c'est facile à comprendre, même avec une cervelle pleine de cambouis, non ?

« Ligote-le, Gros. J'aperçois du fil de fer accroché au mur ! »

Béru, je ne sais pas si c'est son amour du saucisson qui veut ça, mais pour attacher un bipède il est de première !

En moins de temps qu'il n'en faut au

Vieux pour se faire faire une indéfrisable, voilà mon garagiste déguisé en momie.

— Parfait, dis-je. Avant que de te baîllonner, mon fils, nous aimerions avoir un entretien à bâtons rompus.

Il nous demande du tac au tac si son appareil à s'asseoir c'est du poulet. Le Gros lui répond par une droite qui ferait un trou dans la coque d'un contre-torpilleur. Le type crache six dents en ordre de marche, plus une qui avait justement besoin d'un rodage de soupape et essaie de faire passer des lamentations à travers ses lèvres fendues.

— Un taxi est entré ici avec trois hommes à bord, lui dis-je. Où sont passés ces trois gars ? Réponds vite, sinon tu vas ressembler à une pellicule de film d'ici pas longtemps.

Le poing de Béru se dresse au-dessus de sa pauvre frite.

— Au chouchol ! auvergnate-t-il.

Le Gros lui dit merci et lui met un coup de pompe dans le temporal.

— Ça va plus mieux vite que de lui poser un bâillon, explique-t-il.

Nous fonçons dans le garage, à la recherche d'un escalier et nous découvrons celui-ci, dans la petite cour fétide et noire située derrière le hangar. Deux bagnoles accidentées achèvent de rouiller tandis que d'énormes rats dégustent le crin des banquettes. Tout à fait entre nous et la paix d'Eraste, je ne suis pas rassuré à propos de Riri. Avec ma petite cervelle de flic à roulement à billes, je me dis que mon retard peut être vachement pernicieux pour le gars Belloise. Je risque fort de trouver ses os groupés par petits paquets, comme des bottes d'asperges !

Nous descendons un escadrin étroit, plein de salpêtre (nous ne sommes pas éloignés de la Salpêtrière, ne l'oublions point), et nous atteignons une cave voûtée. Je perçois un rai de lumière (ce qui est plus joyeux qu'un rai du culte) et un bruit de voix, en provenance d'un local situé au bout du couloir.

— Il est bien attaché ? demande un organe noble.

— On l'aurait fabriqué en même temps que la chaise, ça serait pas mieux, rétorque une voix à accent.

Je respire mieux : ils n'ont pas encore buté mon petit camarade Riri. Marrant tout de même que sur ces deux niveaux superposés, la même opération ait eu lieu, vous ne trouvez pas, bande de ce que je me pense ?

L'humidité qui règne ici est glaciale. Le Gravos se met à jouer les Atchoum. Je lui comprime la patate à pleines pognes pour écraser la déflagration, et nous arrivons à endiguer le fracas.

A pas de loup, le pétard en main (et sans

cran de sûreté) je m'annonce jusqu'à la lourde de bois aux planches disjointes.

— Alors, Belloise, fait la première voix, si j'en crois tes petites annonces, tu saurais des choses, mon garçon ?

— Pourquoi pas ! riposte Riri d'un ton plutôt mauvais.

— Eh bien ! nous t'écoutons, que sais-tu ?

— Je sais que vous êtes une belle paire d'enviandés !

Un bruit de tarte retentit.

— Mais non, laisse-le, fait la première voix. Tu vois bien qu'il a la tête comme un chaudron. Il a été élevé à coups de poing, ce cher Belloise. Allume la lampe à souder, Jérôme !

— Eh, vous n'allez pas me faire ça ! bredouille Riri.

— Mais si, mon bon ami, nous allons vous le faire.

La lampe à souder se met à cracher son souffle embrasé. Riri pousse un cri terrible. Peut-être ferais-je bien d'intervenir, non ?

— Jolie, cette flamme, n'est-ce pas ? murmure le tortionnaire de Belloise. Elle me fait penser à des paysages exotiques, je suis poète !

— Si vous êtes poète, récitez-lui plutôt des vers, conseillé-je en ouvrant grande la lourde !

Les tourmenteurs de mon petit ami ont un instant de flottement.

— Les pattes en l'air, vite ! aboyé-je.

Il y a là un type brun, frisé comme un Noir, avec des traits épais et des yeux en accents circonflexes, et un bonhomme grand, pâle, aux paupières sans cils et aux cheveux châtain terne ! Ce dernier a une tête de tortue, en moins sympa. C'est lui qui tient la lampe à souder. Il la lève et les pierres du plafond se mettent à noircir.

— Vous arrivez bien ! grogne Belloise. Regardez un peu ce que ce fumier vient de me faire !

Il a une large plaque rouge sur le menton et la joue droite.

— T'inquiète pas, Riri ; Félicie, ma brave femme de mère, a une recette d'onguent fabuleuse pour soigner les brûlures. Si Jeanne d'Arc l'avait connue, elle aurait pu danser le twist sur son bûcher !

— Détache-le, enjoins-je au Gros.

Béru s'empresse. Lorsque Belloise a recouvré la liberté de ses mouvements, je lui demande :

— On peut refaire surface, vieux ?

— Je vous demande seulement une seconde, m'sieur le commissaire !

En entendant mon grade, les deux malfrats tressaillent et prennent des mines consternées. Belloise s'approche du soudeur-poète et lui prend sa lampe des mains.

— Bouge pas, mon pote, gronde Riri, je vais te faire une petite épilation définitive !

J'interviens :

— Laisse quimper, Riri, je suis de la police, pas de la Gestapo !

Mais autant exhorter un camion-citerne en panne ! Il ne peut pas s'empêcher de balader son lance-flammes sur la devanture du blondasse. L'intéressé pousse une drôle de goualante ; Bécaud, Aznavour et consorts peuvent déclarer forfait !

Je saisis le bras de Belloise.

— Arrête, je te dis, je ne permettrai pas qu'on moleste quelqu'un que je viens de mettre en état d'arrestation.

— Avec toi on peut jamais se marrer, bougonne le Gros. Ce que t'es bonnet de nuit dans ton genre.

— Fouille ces messieurs et prends leurs armes, tranché-je.

Le Gros obtempère. Chacun de ces deux messieurs possédait un outil grand format susceptible de décider le caissier le plus tatillon à vous remettre le contenu de ses tiroirs sans vous faire signer de quitus.

— Bon, maintenant on va remonter ! annoncé-je. Ces messieurs vont marcher devant en gardant les bras levés. Et pas de coups fourrés, sinon je vous colle tellement de plomb dans la carcasse qu'il faudra un bulldozer pour vous charrier jusqu'au cimetière du coin !

Malgré sa brûlure, Belloise se marre.

Il a tort.

CHAPITRE VIII

Pour une fois, votre bon petit camarade San-A. a commis une légère erreur tactique, mes frères : celle de faire passer devant nous les ouistitis que je viens d'arrêter.

Comme nous atteignons le bas de l'escalier, une voix crie :

— Couche-toi, Ray !

Illico, le blond se fout à plat bide sur le bas des marches. Le frisotté l'imite rapidos et j'ai le déplaisir de trouver en face de moi une bonne demi-douzaine de truands, tous plus patibulaires les uns que les autres. L'un d'eux a dans les bras une arquebuse capable de vous déguiser en grille de mots croisés dans un minimum de temps.

Il s'autorise de cet avantage pour m'adresser la parole assez durement.

— Jette ton feu ! Et toi aussi, le gros vilain ! ajoute-t-il à l'adresse du Valeureux.

Sa machine à faire sucer les fraises est si

près de moi maintenant que j'en louche. En soupirant, je largue Tu-Tues ! Béru fait de même.

— Banco, poursuit l'arquebusier, maintenant demi-tour à droite, droite ! Les mains bien en l'air et le buste droit ! Voilà, et maintenant le nez au mur, tous les trois !

Nous sommes devenus d'une extrême docilité. Rien de tel que l'œil noir d'une Thomson pour vous rendre obéissant.

— Au boulot, vous autres ! dit le type blond qu'il a appelé Ray.

Qu'entend-il par là ? Je ne tarde pas à l'apprendre. Ces messieurs ont des appareils à caresser le cervelet qu'ils ont dû faire breveter S.G.D.G. Le premier gnon est pour Béru. Le coup claque sec et mon Honorable Patate s'écroule. Ensuite c'est le tour de Riri. Lui a droit à la formule dégustation : deux coups, le premier pour plaisanter, le deuxième pour vous expédier à la fabrique de cirage. Comme le démolisseur s'approche de moi, je murmure :

— Non, sans façon : pour les insomnies je prends des cachets.

Et parallèlement je balance ma talonnade numéro 13, celle que Kopa m'a enseignée. Le type prend ma chaussure Bailly dans sa pension de famille et s'écroule en se massant le zigomuche prostatique à virole double.

Oh ! ce foin, mes Semblables !

Y a tous les bigorneurs brothers qui me choient sur le paletot. J'en démolis deux pour commencer, mais la loi du nombre est formelle. Je finis par resquiller un coup de crosse sur la boîte à idées et je vais me baguenauder en plein cosmos...

... Seulement, quand je reviens sur terre, il n'y a pas M. Brejnev pour me faire la bibise gloutonne. C'est mieux que ça ! A peine ai-je remonté un store que mon grand côlon se prend les pédales dans mon pancréas tandis que ma vésicule accroche l'aile avant gauche de mon duodénum. Ah ! mes z'amis ! Mes bons, mes chers z'amis ! Ça vaut la peine d'être né pour voir ça. La gosse qui se tient devant moi est belle à ne plus oser respirer ! Blonde comme du lin, dorée, comestible et roulée comme la Vénus de Milo, mais avec des bras pardessus le marché. Ça peut toujours servir après tout !

— Vous êtes le commissaire San-Antonio ? me demande-t-elle.

— Oui, ma chérie, à votre service, réponds-je.

Elle sourit, me découvrant des dents éclatantes dont mon zignouflet inférieur aimerait se faire un collier.

— Si vous n'aviez pas cette énorme bosse sur le sommet du crâne, vous ne seriez pas vilain garçon pour un flic ! gazouille la pin-up.

— Si vous vouliez bien prendre la peine d'appuyer dessus avec une pièce de cinq francs, vous pourriez me contempler tel que Félicie m'a fait, darling. Je vous jure que ça vaut une thune ! On dépense souvent son bel argent plus inutilement.

Elle se marre joliment.

— Il est marrant, ce type-là, vous ne me l'aviez pas dit ! déclare-t-elle à un personnage que ma position allongée m'empêche d'admirer.

— Il rigolera moins tout à l'heure, prophétise une voix acerbe.

Je me soulève sur un coude et j'aperçois le type qui tenait la mitraillette, naguère, dans la cave. Il est en compagnie de Ray, le champion de la lampe à souder toutes physionomies.

— Alors, flicard, fait ce dernier en s'avançant sur moi, ton parachute s'est bien ouvert ?

— Où suis-je ? m'enquiers-je.

— Chez cette merveilleuse poupée ! fait Ray en montrant la blonde incendiaire.

Une voix, que j'identifie comme étant celle de Riri Belloise, ironise :

— Dites, m'sieur le commissaire, c'est de la créature de grand luxe, non ? Elle doit bouffer que des diams pour avoir l'éclat du neuf comme elle l'a !

Ray a un sourire de Pierrot dans sa face

blême. Un sourire douloureux comme la constipation aiguë.

— Mon cher Belloise, dit-il, nous allons reprendre la petite conversation interrompue tout à l'heure par le commissaire San-Antonio.

Pour complément d'informations, voir la bouillotte du Riri, mes sœurs ! Sa brûlure fait des cloques vilaines. L'infection s'y met déjà. Quant à Ray, lui, il s'est fait panser et il a une large plaque de sparadrap sur le museau.

— Jouez pas les sadiques, fait-il. A quoi ça rime !

— Nous avons horreur des foies blancs, Belloise. Depuis le début de cette affaire vous essayez de nous repasser, il ne faut pas vous étonner si les choses se gâtent !

C'est l'autre bonhomme qui vient de parler. Il a du nerf, de l'autorité. C'est un type de taille moyenne, très large d'épaules et plutôt pas vilain garçon ! Il est brun, avec un regard couleur de myosotis, pensif. L'intellectuel de la mitraillette, quoi !

Je m'assieds par terre et je me mets à chercher Son Eminence. Elle est à l'autre bout de la pièce où nous nous trouvons et elle paraît dormir comme un gros bébé dans son berceau.

— Ecoutez, interviens-je, laissez Riri tranquille ; l'annonce du *Figaro* c'est une petite ruse signée San-Antonio pour vous inciter à vous manifester.

Le brun aux yeux bleus sourit.

— Pas possible, voudriez-vous me faire croire qu'on serait astucieux dans la police ?

— Astucieux et persévérant, affirmé-je ; tenez : je suis prêt à vous parier votre dent en or contre une défense de mammouth que vous passerez vos prochaines vacances à Fresnes ou à Poissy.

— Je ne prends jamais de pari avec un homme qui se trouve dans l'antichambre de la mort, murmure-t-il dédaigneusement ; ce ne serait pas fair-play.

Puis, se tournant vers Ray, il murmure :

— Colle donc un peu d'eau sur la figure du gros porc, là-bas, je voudrais lui parler.

Le gros porc en question, vous l'avez deviné à ce signalement détaillé, n'est autre que le valeureux Béru. Ray empoigne un siphon sur une table basse et va actionner la bouteille d'eau à ressort sur le physique meurtri de la Gonfle. Au troisième jet, Bérurier émet un bruit de gargarisme et balbutie d'une voix comateuse :

— Pas trop de flotte, je le bois sec !

Puis il ouvre ses belles prunelles et regarde autour de lui avec un certain effarement.

— Non, mais dites donc, proteste-t-il, faudrait voir à faire vos besoins z'ailleurs !

Il murmure :

— Où qu'est San-A. ?

— Ici, Gros, le rassuré-je, mais comme toi j'ai un fil à la patte !

En fait, il ne s'agit pas d'un fil, mais d'un câble de sûreté pour vélo. Ces messieurs nous ont passé un antivol aux chevilles. Nos pieds sont soudés et nous ressemblons à des otaries déguisées en phoques.

— Il est disponible, monsieur Quincy, avertit Ray.

Le dénommé Quincy se tourne alors vers la jolie gosse.

— Ma chère Eva, fait-il, si vous craignez les émotions fortes, le moment est venu pour vous de quitter cette pièce !

Elle hausse les épaules.

— Vous plaisantez ! Je ne vais voir que des films d'épouvante !

— Alors vous allez voir du spectacle, à moins que ces messieurs ne se décident à parler !

— Que voulez-vous que je vous dise ? m'étonné-je.

— Où vous avez caché ce cher François Lormont, tout simplement.

Si j'apercevais le spectre d'Hamlet en bikini je ne serais pas plus sidéré, mes amis. Vous vous rendez compte ? Ce tordu me pose justement la question que je meurs d'envie de lui poser moi-même !

— Vous vous foutez de moi, ou quoi ? grogné-je.

— Vous avez tort de le prendre sur ce ton, tranche Quincy. Mais j'ai horreur des discussions stériles, passons aux actes !

Ces actes promis risquent fort de ressembler à des actes de décès, si j'en juge par l'expression du personnage. Un silence parfait s'établit. Ray sort de la pièce et revient porteur d'un étrange appareil. Ce dernier tient à la fois du mixer, du moulin à café électrique et de la pompe à essence miniature.

Il s'approche de Belloise, lui prend un bras et l'arrime au radiateur du chauffage central.

— Bon, fait-il, pour la compréhension de la chose, voici quelques notes sur le mode d'emploi de ce petit appareil. Il s'agit d'une pompe refoulante. Je vais brancher ce tuyau de caoutchouc terminé par une aiguille dans une de tes veines, Belloise. Et puis on pompera et de l'air pénétrera dans tes veines. Ton système circulatoire se paralysera, et, si tu ne parles pas à temps, tu claqueras d'un arrêt du cœur.

— Vous pouvez le buter tout de suite, fais-je, il ne sait rien.

— Lui, peut-être, mais vous, vous savez où est Lormont, commissaire. Aussi l'expérience sur Belloise est-elle une simple démonstration.

— Je ne sais rien du tout, tonnerre de Zeus ! bramé-je. Pendant que le flic qui avait pris la place de Lormont se faisait descendre, l'industriel se trouvait dans ma chambre au *Sapin Bleu.* Lorsque je suis revenu il avait disparu. Des hommes l'avaient kidnappé en l'emportant ficelé dans un couvre-lit.

Quincy fronce les sourcils et, sans mot dire, retire une cigarette d'un étui en or. Il l'allume, tire deux goulées et murmure :

— Vous allez regretter de me prendre pour un crétin, commissaire. Je veux connaître la retraite de Lormont et je la connaîtrai, voilà tout ! Commençons !

Ray, qui n'attendait que cette invite, branche d'un geste expérimenté la longue aiguille dans la veine de Belloise. Le Riri renaude à vous en fêler les tympans ! Béru, que son coup de goumi sur la malle arrière a rendu pensif, murmure en haussant les épaules :

— Ce sont des procédés inqualifiables, puis il se rendort.

Pourvu que le gnon ne lui ait pas ramolli le bulbe ! Vous l'imaginez dans une petite voiture, ma grosse pomme ? Avec Berthe dans les brancards, baladant son gâteux d'hôtel de passes en hôtel de passes !

Un vrai désastre !

— Si tu sais quelque chose, Belloise, le moment est venu de le dire. Puisque tu étais le collaborateur de la police, tu dois être dans la confidence à propos de Lormont, non ? murmure la fille blonde.

— Je ne sais rien, regrette Belloise.

Et je sens qu'à cet instant, s'il savait quelque chose il le dirait sans détours !

De l'air dans les veines, c'est un sale truc, mes petits lapins angoras ! L'oxygène, c'est peut-être le régal du poumon, mais c'est l'ennemi du vaisseau sanguin ! Tous les bons médecins ayant au moins leur certificat d'études et l'eau sur l'évier vous le diront ! J'aimerais bien faire quelque chose pour Riri, moi. Il finit par me devenir sympa, le pauvre biquet.

On parle toujours de la poule qui a trouvé un couteau, ou qui a couvé un canard et qui, croyant avoir engendré un fantassin, constate qu'elle est la mère d'un amiral, mais pour Riri c'est bien pire. Lui, il traficotait dans le faux talbin, consciencieusement si je puis dire. Et voilà qu'un jour des bonshommes vicelards décident de le déguiser en assassin. N'écoutant que la voix de sa conscience, Belloise affranchit la Rousse, en ma personne, et à partir de cet instant rien ne va plus pour lui. Il devient un vrai meurtrier ; sa ravissante bergère décède, on le kidnappe pour lui passer la barbe à la lampe à souder et lui pulser de l'air dans les tuyaux, avouez que ça décourage l'honnêteté. C'est pas moral comme l'histoire ! La censure laisserait jamais passer ça dans un film !

Je m'aperçois tout à coup que je suis allongé sur un tapis. Et je me dis que j'ai les mains libres. Deux constatations intéressantes, non ?

Faut profiter des occases, mes frères. Tandis que l'attention générale est axée sur Belloise et son pompiste, le petit San-A. se met à tirer lentement sur le bord du tapis. A quelques centimètres de moi, il y a une table basse en marbre supportant un vase de fleurs. Beau vase, c'est du Baccarat taillé dans la masse au ciseau à froid ! Je continue de haler la table, le tapis servant en somme de véhicule, vous mordez bien le topo avec vos cervelets atrophiés ?

Voilà le vase à portée de main. Je me le prends en loucedé et je le balance dans les jambes de la môme Eva. Le choc la fait trébucher en arrière. Elle pousse un cri et tombe près de moi. En moins de temps qu'il n'en faut à un percepteur pour payer ses impôts, je me jette sur elle, la ceinture et me la plaque sur le baquet. Comme flanelle, je vous la recommande. Ça tient drôlement chaud au panissard bulbeux, mes choutes ! Elle essaie de m'échapper, mais je la cramponne serrée.

— Dites, les gars, fais-je, mettez la station de pompage au point mort, sinon je tords le cou de votre pin-up.

Il y a un temps mort chez l'ennemi.

— Un policier, étrangler une jeune femme innocente ! ironise Quincy, c'est nouveau !

— Ecoutez, Quincy, vous avez oublié que j'étais un officier de police ; pourquoi voulez-vous que je m'en souvienne ? Ici je défends ma peau, et celle de mes compagnons.

— Lâchez cette femme immédiatement !

— Pensez-vous, c'est un cataplasme trop agréable.

Il s'avance vers nous.

— Sorry, Baby, dis-je à la fille en lui faisant le coup du Bokado-Kakouté-sichô, une prise japonaise qu'on m'a enseignée lors de mon enquête au Japon (1).

Je vous la communique à toutes fins utiles : vous prenez une livre d'oignons frais, deux anchois, un kilo de bœuf dans la culotte — excusez je me goure de recette ! Vous prenez, reprends-je, la nuque de votre adversaire entre le pouce et le médius. Vous enfoncez votre index principal entre la quatrième cervicale et la cinquième de Beethoven. Vous remuez bien jusqu'à ce qu'une décompression mitigée se produise au niveau du smic. Vous relâchez alors votre étreinte pour la porter à la base

(1) Cf. : *Fleur de Nave vinaigrette.*

intermédiaire du panchromatique flouzeur gauche, à condition toutefois que son obédience intercalaire n'empiète pas sur le genouflexeur de torsion ; auquel cas, vous exercez ladite étreinte sur le morfondeur de vitesse droit.

Vous me suivez toujours ? O.K. Au moment où le crougnougnou biscotéidal de l'adversaire se relâche, vous lui saisissez le dénominateur commun avant, s'il en a un bien entendu. Car, s'il en est dépourvu, vous devez immédiatement vous rabattre sur le concept vigoureux. Vous constatez alors un affaissement contusionnal interne du déprundis biliaire. L'adversaire — qu'on peut, à partir de cette phase de la prise — appeler la victime, pousse un cri et perd connaissance. Si vous entendez l'épargner vous l'abandonnez aussitôt, car sinon les choses vont vite. D'abord, c'est un doguphage spasmodique véreux auquel vous assistez, promptement suivi d'un narguilé amidonné. La mort intervient dans les trois dixièmes de seconde suivant la perforation de l'embistouille navrante après un bref coma d'une demi-journée. Ça paraît compliqué, mais c'est très facile : essayez, vous l'adopterez !

La gosse Eva pousse un cri et va aux quetsches. Natürlich, je relâche ma pression car je n'ai pas une mentalité d'assassin.

— Ceci pour vous montrer que je ne

plaisante pas, dis-je aux deux malfrats. Je vous signale qu'elle peut encore s'en tirer, seulement il faut agir vite, messieurs.

Hou ! ces physionomies ! Ils me détestent jusqu'à perte de vue et au-delà ! Il y a un instant d'hésitation.

— Qu'espérez-vous donc ? demande le gars Quincy.

— Que vous nous ôtiez promptement ces entraves !

— Très bien, fait-il.

Il se fouille, mais au lieu de la clé des chaînes antivol, c'est un revolver qu'il extrait de ses vagues. Il en braque le canon sur Bérurier.

— A mon tour, cher ami. Si vous ne lâchez pas Eva, je tue votre goret. Vous voyez : il est inanimé et ne s'en apercevra même pas !

Cruel dilemme, mes louloutes ! Que faire, que ne pas faire ? Ah ! on peut dire que la chance n'est pas dans mon camp. Notre ange gardien a dû aller prendre un petit gorgeon au bistrot d'à côté.

A cet instant précis, coup de théâtre dans l'affaire Lormont : le Béru qu'on croyait out et qui feintait se catapulte dans les jambes de Quincy. Faut voir la maestria du mec ! Une barrique pensante ! Il choque les guibolles de celui qui prétendait l'assaisonner et lui fait une clé cambodgienne — les plus traîtres — les plus durailles aussi à réussir. Pour cela, il faut saisir du premier coup le columbus prénatal de l'adversaire, tout en lui déplaçant le zanzibar biscornu dans le sens des aiguilles d'une montre. Le gars choit et on peut le finir comme bon vous semble ! Le coup réussit à merveille. Seulement Ray, l'homme aux cheveux plats, ne se contente pas de jouer les spectateurs avertis ! Il s'annonce à coups de pompe dans la théière du Gros. Sa Majesté a la calebasse en iridium, néanmoins au troisième coup de targette dans la nuque il tire la langue, ferme les yeux, renifle, éructe et se rendort.

Pas le bol, quoi ! Ray, cette fois, est déchaîné. M'est avis que ce type a dû jouer inter droit au Racing. Il continue de botter à tout va. Au tour de Riri ! Le pauvre chéri a le nose qui explose, l'arcade gauche qui se disloque et les dernières ratiches qui s'effeuillent.

Pour lui aussi on joue « Bonsoir m'sieurs-dames ». Toujours sur sa lancée, Ray (avec lui c'est pas du Sugar) vient me tirer un penalty en pleine poire. J'ai l'impression de manger mes ratiches sans sel (et sans étrier). Je lâche la fille car tout se brouille une fois de plus. Mon pauvre crâne ! En a-t-il déjà encaissé des gnons !

Pourtant je ne perds pas entièrement conscience. A travers une brume incertaine, je vois s'affairer nos hôtes. La môme

Eva se remet de ses émotions. Quincy également. Ces braves gens discutent à l'écart, mais je n'arrive pas à entendre ce qu'ils disent. A la fin, ils se radinent avec un seau d'eau qu'on me flanque en pleine bouille. J'ai l'impression d'embrasser une lame de fond. Je suffoque.

— Etes-vous en état de m'écouter ? demande Quincy.

— Oui, mon chéri, je lui gazouille. Mais j'ai l'impression que vous venez de détruire ma permanente.

— Vous ne voulez toujours pas nous dire où est Lormont ?

— Comme je me proposais de vous poser la même question, il est évident que je ne puis y répondre. Vous pouvez nous déguiser en hamburger steak, ce serait du kif. A moins que vous vouliez que j'invente. Question imagination je suis imbattable. Tenez : Lormont, en ce moment, s'est déguisé en punaise de sacristie et il a installé ses pénates à l'église de la Trinité. Ou bien non, il a gagné la Suisse et il travaille comme trou dans une usine de gruyère... Vous en voulez encore ?

Quincy rit torve (tiens, ça pourrait être un nom de patelin) et murmure :

— Vous parlerez, je vous le jure bien !

Il fait signe à Ray (pugnant) qui sort et revient peu après, porteur de plusieurs toiles de bâche usagées. Le trio se livre alors à une délicate opération qui consiste à nous rouler dans ces toiles et à nous y ficeler. J'essaie de leur opposer un brin de résistance — simple baroud d'honneur — mais une nouvelle infusion de semelles me fait tenir coi.

Un moment après, je sens qu'on me coltine, sans ménagement. On me jette sur une surface dure, située à une certaine hauteur. Deux autres chocs suivent : sans doute sont-ce les amis Béru et Riri qui viennent me rejoindre. Et puis la surface dure dont au sujet de laquelle je vous ai causé trépide et je pige que nous sommes sur le plateau d'une camionnette.

La balade dure un certain temps. Ficelé de la sorte dans mon suaire imperméabilisé (un suaire C.C.C.) je perds la notion du temps et celle des distances. Non loin de moi, le Gros, qui certainement suffoque, fait des « gnouff gnouff » avec son groin.

La balade continue. Elle me fait penser à ces mecs qu'on emmène au petit jour dans un fort pour les flinguer.

Nous devons rouler deux bonnes plombes au moins. L'allure est rapide, ce qui m'indique que nous avons quitté Paris.

Enfin le véhicule ralentit et décrit un large virage. Puis il stoppe. On nous descend du camion sans ménagement, c'est-à-dire en nous tirant par les pinceaux et en nous laissant choir sur le sol. Heureusement pour nos dossards, les épaisseurs de toile amortissent le heurt (pour ce qui et de vous donner l'heurt, ces gars-là pulvérisent Lip). On nous déballe et je mate alentour avec curiosité, anxiété, acuité et précipitation. Je constate simultanément plusieurs choses : il fait nuit, nous sommes sur une pelouse et le silence entier de la nature éteinte est si total que nous devons nous trouver à des lieues et des lieues des villes et des nationales qui les relient. (Il y a des moments où sans le faire exprès je m'exprime drôlement bien, non ? Un citron ne s'exprimerait pas mieux, même s'il avait ses deux bacs.)

Nous avons toujours droit au sinistre trio. Quincy se penche sur nous.

— Un peu de patience, mes amis, ça va suivre. Excusez le temps mort, mais au préalable un petit travail est nécessaire.

Et il nous plante icigo. C'est miss Eva qui nous garde, un revolver gros comme ça dans ses jolies mains plutôt faites pour triturer des objets moins contondants. Elle ne dit rien mais nous regarde d'un drôle d'air. Je vous parie n'importe quoi contre un scoubidou à ailettes qu'elle doit être névrosée sur les bords, cette dadame. Elle a le flotteur survolté ; nos ennuis l'excitent.

Je perçois, troublant le silence nocturne, des coups sourds. On dirait des coups de marteau sur un ciseau à froid. Ça dure un certain bout de moment, et puis ça cesse et les deux hommes reviennent, les mains blanches de ciment.

— Vous faites de la sculpture, mon bon Quincy ? je questionne.

Il se marre comme une baleine en train de lire un San-Antonio !

— Non. La besogne était moins artistique. Nous venons de desceller la pierre d'un caveau.

Belloise murmure, effondré :

— Qu'est-ce qu'ils ont encore inventé ?

— Une chose très simple, fait Quincy. Nous sommes ici dans une vaste propriété appartenant à un vieux maniaque défunté depuis pas mal d'années et qui a voulu se faire inhumer dans ses terres. Nous sommes très loin de tout. Personne n'entre jamais dans le domaine. Vous jugez ?

— Et alors ? interrogé-je.

— Alors nous allons donner de la compagnie à son cadavre. Vous allez être descendus tous les trois dans la tombe.

— Chouettes vacances ! Ensuite ?

— Ensuite vous réfléchirez.

— J'adore. Et, lorsque nous aurons bien réfléchi ?

— Vous nous direz où se trouve Lormont et alors nous adresserons le lendemain un message à la police pour signaler à vos collègues où vous êtes et ils viendront vous tirer de là tandis que nous, nous serons à l'étranger ! Bien à l'abri de toutes poursuites.

— Et si nous ne parlons pas ?

— Mon Dieu, vous mourrez d'inanition et vous serez enterrés.

Un silence plus pesant que la plaisanterie d'un gendarme s'abat sur notre groupe.

— Peut-être voudriez-vous parler tout de suite ! fait Ray (aumur Sébastopol). Il fait frais dans ces caveaux et une pneumonie est vite contractée !

La voix de Béru, sa chère voix de lion enrhumé, s'élève alors :

— Mais oui, San-A. Dis-y tout de suite où qu'est le Lorgnon !

Je pige l'intention du Mastar. Gagner du temps en donnant aux gars une adresse bidon. Comme ils voudront la vérifier avant de nous mettre à mort, nous bénéficierons de plusieurs heures.

— Soit, fais-je, Lormont a été conduit dans un chalet de Morion, au-dessous de Courchevel. Il s'y planque sous la surveillance d'un homme à nous.

Quincy se tourne vers Ray (barbatif). Ils échangent un regard de triomphe.

— Le nom du chalet, je vous prie ?

— *La Fleur des Alpes.* C'est près d'un remonte-pente !

De la sorte, le temps qu'ils aillent vérifier, ça nous fera un bout de moment de répit.

— Eh bien ! nous allons voir ! tranche Quincy. En attendant vous allez descendre au sépulcre, mes chers amis ! Si vous avez dit vrai nous tiendrons parole ! Si vous avez menti... (il rit) nous tiendrons parole également !

Sur ce, les deux bonshommes nous halent sur l'herbe mouillée par la rosée.

Ils commencent par charrier Belloise. Mon pauvre Riri essaie de se démener, mais Ray (calcitrant) lui tire son shoot favori dans les côtelettes et, le souffle coupé, le malfrat se tait. Pendant qu'ils s'éloignent, Béru se met à mugir « au secours » de sa voix conçue pour vendre du poisson à la criée. Miss Eva s'approche de lui et lui cloque un coup de crosse de son outil sur le front. Silence du Gros. Ce qu'il peut enregistrer comme fêlures, le B.B. ! Sa boîte crânienne doit ressembler à une faïence ancienne. Je l'imagine toute craquelée, pas présentable du tout. Si un jour son squelette finit sa carrière dans une Faculté, les étudiants devront le rafistoler au scotch (d'autant plus que le scotch, ça le connaît, Béru !).

Je suis le dernier à être coltiné. Pas moyen de lutter. C'est la fin des haricots.

Nous voici devant un étrange mausolée, de style vachement païen. Une ouverture bée, noire dans le noir de la nuit. La bouche de la mort. Elle exhale un souffle putride.

— Le moment de la séparation est arrivé, monsieur le commissaire.

— Ne pleurez pas, fais-je, on se reverra peut-être un jour.

— Dans ce monde, ça m'étonnerait.

Il fait un signe à Ray (munéré). Icelui me biche aux épaules et me tire jusqu'à l'orifice. Mon ultime regard est pour Eva, dont la chevelure d'or éclaire la nuit.

Et puis c'est une brève chute, amortie par la brioche de Béru.

Le Gravos mugit de douleur.

— Tu pourrais tomber ailleurs, non! grommelle-t-il.

— En tombant ailleurs je serais tombé plus mal, Gros. T'as la qualité Simmons, toi, au moins!

Et puis je me tais car le rectangle de clarté vient de disparaître, là-haut. Ces messieurs ont refermé le caveau. Une odeur affreuse plonge dans mes fosses... nasales. J'ai un haut-le-cœur.

Belloise, dans le noir, soupire :

— Je suis contre le cercueil du type. Je vais devenir cinglé!

— Courage! exhorté-je. Ils ne nous ont pas butés, c'est l'essentiel. Maintenant nous allons aviser!

— Aviser mes choses! déclare tout net Bérurier, auquel il arrive d'avoir son franc parler.

Et le Gros enchaîne :

— On l'a in the baba, comme disent les Allemands. Ligotés au fond d'un caveau situé en harasse campagne, qu'est-ce que tu veux fiche, dis, malin ?

— Inspecteur principal Bérurier, je vous prie de conserver vos distances !

Belloise n'est pas d'humeur à plaisanter.

— On va crever étouffés, prophétise ce petit optimiste.

Le fait est que l'air de cet endroit n'a pas la qualité Courchevel !

— Justement, dis-je, il s'agit de l'économiser ! Arrêtez un peu vos phonographes à couenneries, messieurs. Et essayez plutôt de vous défaire de vos liens. Le premier qui y parviendra aura droit à une bouffée d'oxygène !

Un bon moment durant (ou Dupont si vous préférez) chacun s'escrime (comme dirait Jean-Claude Magnan). C'est Bérurier qui fait le plus gros ramdam. Ses liens sont à rude épreuve. Mais tel le roseau de la fable, ils plient mais ne rompent pas. Les miens opposent la même résistance et ceux de Belloise également. Nous sommes toujours ligotés à l'intérieur de nos bâches, si bien que nous ne pouvons pas essayer de nous entredélier. Le Mastar se remet à jurer. Il dit qu'il en a marre de ce métier et que cette fois c'est bien décidé : il va envoyer sa démission !

Au bout d'une heure dix minutes trois

secondes d'efforts, nous en sommes toujours au même point.

— T'as z'eu tort de leur dire que ton mec était z'en Savoie, fait Son Enflure. D'ici qu'ils aient fait le voyage, on sera morts asphyxiés !

Je ne réponds rien. Le mieux est d'attendre. Une plombe encore s'écoule. Belloise se met alors à hurler de façon démentielle. J'ai idée que ce séjour est mauvais pour son système nerveux. Manquerait plus qu'il devienne jojo à c't' heure.

— Tu la boucles, dis, fripouille ! vitupère Alexandre-Benoît. Je te défends de gaspiller mon oxygène !

Mais l'autre continue sa chanson ! Il flanche nettement, Riri. Le cri qu'il pousse me fore les portugaises jusqu'au subconscient.

— Qu'est-ce qu'on pourrait faire pour le calmer ? demande le Gravos. Cet endoffé va finir par me chanstiquer la pensarde, je te le promets. Déjà que le patelin n'est pas folichon !

— La musique adoucit les mœurs, émets-je. On pourrait essayer !

— C'est vrai, ricane l'Obèse, alors mets-lui un disque. Si t'as du Tino, c'est gagnant !

— La musique est une chose qui se fabrique, dis-je.

— D'ac, seulement j'ai z'oublié ma cornemuse dans le tiroir de ma table de nuit, faut pas m'en vouloir !

En guise de réponse je me mets à siffler. Béru pige et me joue l'accompagnement.

C'est ainsi que, pour la première fois dans l'histoire de la police, deux matuches ligotés au fond d'un sépulcre habité sifflent La Madelon pour calmer les nerfs d'un truand !

Faut le voir pour y croire, non ? Avouez qu'il n'y a qu'à nous que ça arrive, ces choses-là !

En tout cas, c'est magique. Au bout d'un instant, le gars Riri cesse ses glapissements de coyote ayant les chocottes.

Il finit même par murmurer, d'un ton vraiment inquiet :

— Mais qu'est-ce qui vous prend, tous les deux ? Vous devenez fous ou quoi ?

CHAPITRE IX

Suit alors une période de prostration très compréhensible. Avec les atouts que nous avons pris sur la tronche et cette succession d'émotions fortes, il est normal que nos nerfs fassent relâche pour répétition. La présence de ce cadavre inconnu, l'obscurité et le silence intégraux sont autant d'éléments insoutenables pour les organismes les mieux constitués. On a beau avoir une âme trempée à Thiers, elle finit par déclarer forfait lorsqu'on l'embarque dans de telles croisières.

C'est sa Plantureuse Idiotie qui reprend le premier l'usage de la parole :

— C'est marrant, fait-il, si je te disais que, pas plus tard que la semaine passée, moi et Berthe on avait envie de se faire construire un caveau de famille !

— Ça ne m'étonne pas, répliqué-je, vous ne vous refusez rien pour votre confort !

— On se disait : puisqu'on a passé not'

garce de vie ensemble, y a pas de raison qu'on se sépare une fois canés !

— Ça part d'un bon surnaturel !

— Mais j'en suis revenu, affirme l'Ignominie. Maintenant que je peux juger sur place, je vais déclarer forfait à ma grosse. On s'y fait vachement tartir, dans un caveau. Entre nous, tu trouves que c'est confortable, toi ?

— Ça ne vaut pas la résidence Marly, bien sûr. Mais tu sais : il faut être mort pour apprécier.

— Peu z'importe, c'est décidé : quand je serai mortibus, je me ferai insinuer, c'est plus propre.

— Toujours ta fichue manie de laisser des cendres partout !

Un silence. Je ricane :

— Dis voir, pépère, tu fais des projets à long terme, comme dirait ton propriétaire, comment diantre conçois-tu l'avenir ?

Re-silence. Son Ampleur réfléchit, ce qui fait un bruit de sanglier marchant sur un tapis de feuilles mortes en automne.

— Je sais bien qu'on n'a pas de raisons de se berlurer, mais je peux pas croire qu'on va rester en rideau ici !

— Tu gamberges un peu au problème ? Nous sommes ligotés, il y a une pierre qui bouche l'orifice et...

Béru barrit :

— Faut qu'on se barre, les gars, y a pas

de bon Dieu ! On est des hommes ou des pets de lapin, dites voir...

C'est Belloise qui répond :

— On est des hommes entravés, m'sieur le flic ! Vaut mieux être un pet de lapin à l'air libre qu'un homme attaché au fond d'un trou.

La réponse me paraît assez pertinente. Béru l'accepte passagèrement, mais son tempérament rebelle reprend du poil de la bête.

— Ecoutez, les mecs, dit-il. On est trois. C'est pas possible que sur les trois, y en a pas z'un qui puisse se délier, biscotte il est attaché moins serré que les autres !

Nous réitérons nos efforts du début.

— Je regrette, fais-je, en ce qui me concerne ils m'ont refilé une infusion de chanvre assez soin-soin.

— Idem au cresson ! rétorque Riri.

Le Mastar s'épuise un moment encore et finit par bredouiller que « rien ne va plus ».

— Ce qui complique tout, assure-t-il, c'est qu'on soye roulés dans ces toiles !

— Merci du renseignement, ironisé-je. (Je suis ironiste de naissance.)

Le temps passe encore et nous en perdons la notion. On ne sait pas quoi se dire. L'odeur immonde de ce lieu nous est devenue familière et ne meurtrit plus notre sens olfactif.

Et tout à coup, un même frisson parcourt

nos trois échines. Là-haut, un bruit vient de se produire. Il se répète. C'est celui que ferait une barre de fer sur de la pierre.

— Qu'est-ce que tu crois qu'il s'agit ? questionne Béru.

— Peut-être a-t-on retrouvé notre trace, supposé-je.

— Ce serait trop beau. Moi je te dis que c'est les autres enfoirés qui reviennent parce qu'ils se sont gaffés que tu les as berlurés.

J'admire combien en termes simples ces choses-là sont dites et je conseille à mes compagnons de ne plus moufter. Au bout d'un moment la pierre obstruant l'entrée du sépulcre s'écarte. Nous recevons un bon air rafraîchi par la nuit. Des nuages boursouflés défilent dans le rectangle de clarté. On dirait un interlude de la télé.

C'est beau la vie !

Nous sommes tout à coup aveuglés par le faisceau puissant d'une torche électrique. Ça nous fait ciller vachement. Son rayon est insoutenable, d'autant plus que nos rétines s'étaient accoutumées à l'obscurité intégrale. Je détourne la tête, ce qui me permet de voir l'endroit où nous nous trouvons. Pas réjouissant. Les parois du caveau sont suintantes d'humidité. Il y a, à même le sol, une bière démantelée à travers laquelle on aperçoit un squelette dans un complet moisi.

Riri est allongé en travers de la bière. Nous sommes enchevêtrés.

Un glissement : c'est une silhouette qui descend vers nous. Le rayon de la lampe se rapproche, son diamètre s'amenuise. Il vient s'écraser sur moi. Une main entre dans le faisceau, armée d'un long couteau à la lame effilée. Je me dis que ma dernière seconde est arrivée. Nos tourmenteurs se sont peut-être aperçus que la police était sur leurs traces et ils ne veulent pas prendre de risques en laissant des témoins oculaires, auriculaires et vasculaires, derrière eux. Alors un nettoyeur de tranchée diplômé vient nous couper la gorge mine de rien.

Je ferme mes jolis yeux. Je souhaite ardemment que le trancheur de glotte soit un crack et qu'il fasse vite. J'avale ma salive une dernière fois et je pense très fort à ma bonne Félicie qui m'attend dans notre pavillon de Saint-Cloud.

Mais, ô surprise (en anglais : hhhaô surprise !) la lame n'entame pas mon cou de cygne. Elle plonge dans mes liens comme un brochet dans une nasse. Un choc rude, j'ai l'impression qu'on me guérit d'une crise d'angine de poitrine. L'étau qui me bloquait les bras et me comprimait la poitrine vient de se desserrer brusquement. La lame descend le long de mon académie, continuant de cisailler les cordes. Bientôt j'ai la totale liberté de mes mouvements. Je m'extirpe de la bâche et j'essaie de voir la frime de notre bienfaiteur. Jusqu'alors pas un mot, pas une syllabe, pas une onomatopée n'ont été prononcés. La scène est fantomatique, cauchemaresque, grand-guignolesque et surnaturelle. Je distingue un grand type maigre, aux pommettes plus saillantes que les pommettes d'une tête de mort. Des favoris noirs, coupés carré, descendent bas sur des joues creuses. Les sourcils sont épais. Le cheveu frise sur le devant et brille sur le derrière, merci Roja !

Maintenant, l'ange noir s'occupe de Son Altesse Eléphantesque. Cric, crac, croc ! En trois coups de lingue le Béru est rendu à ses occupations.

— Grand merci, Monseigneur, fait-il en se relevant. Je sais pas qui c'est qui vous envoie, mais vous me donnerez son adresse. J'y espédierai des fleurs !

M. Coupe-Ficelle ne répond pas et s'active maintenant sur Belloise. Le Riri se remet debout à son tour. Alors le gars referme son cure-dent, le glisse dans sa poche et pose sa lampe sur la bière défoncée, en orientant le faisceau vers l'entrée du caveau. J'aperçois une silhouette, tout là-haut, immobile. Notre sauveur croise ses mains et les tient à la hauteur de son bas-ventre afin de nous faire la courte échelle. Je me sers de son escabeau en premier. J'ai les membres ankylosés et je me sens aussi agile qu'un camion de déménagement dans un salon Charles X.

Mais avec de la volonté on arrive à tout, même à ne plus en avoir. Je me hisse. Une main fine entre dans la lumière. Une main ornée d'une bagouse à caillou. Une main de femme, quoi ! Elle m'aide pourtant à l'extraire de la fosse commune avec une force peu commune. Le grand air me chavire. Il tombe une petite pluie d'hiver, froide et pas chaude. Mais c'est tellement bon ! Je regarde la dame et j'ouvre la bouche grand comme celle d'une gargouille - moyenâgeuse - assistant - à - une - conférence sur la vie de Jeanne d'Arc. La nana en question, c'est Eva. Elle est désarmée et désarmante. Un sourire ensorceleur découvre sa denture éclatante.

— Alors, monsieur Lazare ! gazouille-t-elle, ce séjour aux Enfers ?

— Paradisiaque ! assuré-je, on a joué aux osselets avec le précédent locataire et il s'est marré comme un petit fou !

J'aide le Gros à ressusciter. C'est pas fastoche. Une première fois son pied glisse sur les mains en étrier de notre sauveur et il s'abat sur l'homme aux rouflaquettes de danseur argentin. Remue-ménage dans la fosse. Les exclamations du Gros sont très gauloises (on se croirait dans une fosse celtique). Enfin en conjuguant nos efforts, nous parvenons à l'extirper de là. Bientôt Belloise suit, puis le déficeleur exécute un rétablissement fulgurant car il a été malade dernièrement et beaucoup de gens lui ont souhaité un prompt rétablissement (1).

— Venez ! nous dit la ravissante en marchant sur la pelouse givrée.

Nous arpentons en titubant une allée envahie par la mauvaise herbe et nous débouchons devant une porte de fer, rouillée comme le berlingot d'une demoiselle de cent deux ans. Le type qui nous a sauvés pousse le vantail. Nous voici dans un chemin creux. Une bagnole y est stoppée : une grosse Cadillac noire, d'un âge déjà avancé. Nous y prenons place. La môme se colle devant et son sbire se place au volant.

Béru la reconnaît à cet instant seulement.

— Tiens, vous avez réfléchi ! grommelle-t-il. C'est par humanité ou par peur des conséquences ?

La gosse nous virgule un regard tellement candide que Voltaire résilierait son abonnement à l'*Express*.

— Je ne fais pas partie de cette bande de gangsters, nous dit-elle. Mais je ne pouvais rien faire pour vous tant qu'ils étaient là.

— Qui êtes-vous ? m'enquiers-je.

— Vous le saurez bientôt.

(1) Et c'est pas le dernier de ce bouquin. J'en ai d'autres plus mauvais à vous sortir, patientez !

Belloise croise ses mains sur sa poitrine et se renverse en arrière.

— Si je m'attendais à rouler dans une Cad cette nuit ! soupire-t-il.

Bérurier lui donne un rapide aperçu de ses conceptions philosophiques :

— La vie c'est commak, mon pote : un coup t'es mort, un coup tu roules en Ravaillac. C'est ce qu'on appelle les ponts d'érable.

— Où nous conduisez-vous ? je demande.

Elle s'étonne.

— Mais... à Paris, naturellement !

— O.K., fait Bérurier, lequel parle couramment l'américain. Si ça ne vous faisait pas faire un détour, vous seriez bien bonne de me déposer à la *Brasserie Alsacienne.* Ça fait des cercles et des cercles que j'ai rien becqueté et moi, dans ces cas-là, c'est la choucroute mon plat d'érection ! Une belle choucroute garnie jusqu'au toit, avec du pur porc en veux-tu en voilà !

Il essuie d'un revers de manche la salive qui dégouline sur ses bajoues.

Des larmes de contentement, produites non point par les glandes lacrymales mais par le pancréas, ruissellent sur sa bouille de gladiateur meurtri.

— Dans quelle région étions-nous ? demandé-je à ma ravissante sauveuse.

— Près d'Orléans, fait-elle.

— Vous êtes notre Jeanne d'Arc, dis-je en la couvrant d'un regard qui aurait fait fondre l'armure de la Pucelle.

Elle y répond par un autre regard plein de promesses. La Cadillac roule à cent vingt dans la campagne endormie. Eva ouvre sa boîte à gants et y pêche une boutanche plus étoilée qu'une nuit vénitienne.

— Je pense que vous avez besoin d'un petit coup de remontant, fait-elle.

Voir la réaction du Gravos ! Sa main avide gobe la bouteille. D'un coup de chicots il arrache le bouchon et se met à nous interpréter : « Descendez en vous demande. »

— Laissez-m'en un peu, implore Belloise. J'en ai autant besoin que vous !

Béru cesse de boire et c'est à moi qu'il présente le flacon.

— Tu permets, oui ! dit-il à Riri, mon supérieur rachitique passe avant toi ! D'abord tu m'as traité de flic, tout à l'heure dans le caveau. Si je m'écoutais, je te ferais faire ballon !

Belloise vient au renaud.

— Dites, la poule, vous commencez à me les briser menu avec vos combines ! On m'y reprendra à jouer les bonnes sœurs !

J'achève de liquider une solide rasade et je lui tends la dive bouteille.

— Tiens, Riri, colmate tes brèches et

rouscaille pas. Maintenant on tient le bon bout !

Il porte le nectar à ses lèvres. Et voici que Béru murmure d'une drôle de voix :

— Bois pas... C'est du sirop de narcotique.

Sa grosse hure tuméfiée dodeline, et s'abat contre mon épaule. J'essaie de réagir, mais une torpeur m'envahit. Je commence à voir trouble. Le regard intense de la môme Eva seul conserve toute son acuité. Il est pareil à deux trous dans un parasol.

— Qu'est-ce que c'est encore que ce coup fourré, miss Peau-de-Vache ! bredouillé-je.

Elle éclate de rire, son rire fait des ricochets dans mon subconscient. Je voudrais pouvoir lui dire des choses, lui poser des questions, lui tordre le cou ; mais je suis mollasson comme une limace en vadrouille dans de la purée. Je ne peux plus remuer le petit doigt, ni même soulever mes stores. J'entends la voix de Riri tonner, mais je n'ai plus assez d'entendement pour piger ce qu'il bonnit.

Du sirop, les gars !

Un beau sirop couleur de miel.

CHAPITRE X

Au réveil, j'ai une gueule de bois si prononcée qu'on pourrait me la vernir facile et me l'exposer chez un antiquaire. Un gars que l'on forcerait à bouffer un édredon en l'arrosant de goudron aurait le palais plus subtil que le mien en ce moment.

Je suis de nouveau allongé sur une surface dure et un moteur ronronne. J'ouvre un vasistas pour mettre à jour mon service d'informations. Non : nous ne sommes plus dans la vieille Cadillac. Les parois du véhicule sont métallisées. Une nouvelle fourgonnette ? Je bigle plus attentivement et j'ai l'aorte qui fait roue libre. Nous nous trouvons dans un avion ! Aussi vrai que j'ai l'honneur et l'avantage de vous le bonnir, mes chéries. Je pousse le Gravos. Il émet un vagissement, ses lèvres ont de la peine à se décoller.

— Je reprendrais bien encore un peu de choucroute, bavoche l'Obèse.

— Ne te gêne pas, ricané-je, tu peux finir le plat.

Il ouvre ses jolis yeux couleur d'égout en crue.

— Ah ! c'est toi ! fait-il.

Puis, réalisant :

— Mais où ce qu'on est ?

— En aéroplane, Gros.

— T'es encoreciragé ou quoi ?

— Examine les lieux et juge.

Il obéit. Son groin se soulève, son regard porcin panoramique. Il retombe, out.

— Jamais vu une enquête pareille. On passe sa vie à se faire maillocher, droguer, trimbaler et mystifier ! On n'est plus des limiers, on est des têtes de pipe, San-A. ! C'est nous les cracks de la poulaille ! Passez-moi les Nick Carter !

— Du calme, notre heure sonnera !

— M'est avis que la pendule qui doit la sonner est chez l'horloger !

Il se tourne vers Belloise, le regarde attentivement et fait la moue.

— J'ai z'eu tort de dire à sa pomme de pas boire. Ils l'ont endormi au jus de marteau, lui ! Vise un peu cette plaie qu'il a au plafonnier ! Nous z'au moins on a eu droit à de la fine par la même occasion !

— Drôle de fine, yes ! Ma tête est comme un bol dans lequel on battrait une mayonnaise !

— La mienne z'aussi. Tout ça se terminerait par une méningite que ça m'étonnerait pas.

— Oh ! toi, tu es paré, le rassuré-je.

— Biscotte ?

— Ecoute, Gros, pour faire une sinusite, faut avoir des sinus, non ? Pour faire une méningite, faut avoir des méninges !

Il se renfrogne.

— Je voudrais pas manquer de respect à mon supérieur hiéraldique, mais j'ai idée que depuis le début de cette affaire, les tiennes, de méninges, ont la batterie qui débloque, non ?

Là-dessus, la porte de la soute flics-drogués s'ouvre et Eva paraît.

— Alors, les Laurel et Hardy de l'affaire Lormont sont réveillés ? plaisante-t-elle.

Je lui virgule un clin d'œil façon princesse incognito.

— Tiens, miss Somnifère fait partie du voyage ! Les hôtesses de l'air sont en grève ?

Je poursuis :

— Ce qu'il y a de merveilleux avec vous, ma Douceur, c'est votre fantaisie. On nous kidnappe, on nous enterre vivants, on nous déterre, on nous réconforte avec des somnifères, on nous balade en camionnette, en Cadillac, en avion ! C'est fabuleux. Quand je raconterai ça à mes arrière-petits-enfants, ils croiront que je débloque !

— Parce que vous comptez avoir des arrière-petits-enfants ? plaisante-t-elle.

— Yes, beauty. Et mon rêve ce serait de les avoir avec vous. Je suis certain qu'on réussirait une drôle de race, vous et moi !

Elle se penche sur Belloise et fait une grimace aussi véhémente que celle de Béru naguère.

— Il est clamsé ? demandé-je.

— J'espère que non. Il a voulu faire du zèle dans la voiture tout à l'heure et José l'a frappé avec une clé anglaise. Assommer les gens en conduisant est une performance difficile, comprenez-vous ?

Elle s'éclipse et revient avec un flacon d'alcool et une boîte de compresses.

— Vous feriez une charmante infirmière, assuré-je. Entre vos mains, on doit reprendre goût à la vie ! Dites, mon cœur, qu'est-ce qui va se passer maintenant ?

— Je vous en laisse la surprise ! dit-elle.

— Vous ne voulez vraiment pas nous communiquer le scénario du second épisode ?

— Non. Je vous laisse car nous allons bientôt atterrir. Soyez sages !

Elle se retire et la porte se referme. Par un hublot, je vois un petit nuage rigolard en vadrouille dans un ciel bleu comme un paquet de Gauloises.

— Où ce qu'on peut z'être ? demande Bérurier.

— Sûrement dans le Midi, fais-je. Vise un peu ce plafond, comme il est pur ; en plein hiver, c'est plutôt rarissime, non ?

Le Mastar n'est pas sensible à la limpidité du ciel. La poésie, il se la paie avec des côtes de porc et beaucoup de moutarde.

Notre coucou amorce un virage brutal qui nous fait rouler l'un sur l'autre. Puis il pique du blair et ses moteurs coupés pétaradent lamentablement. Mais l'atterrissage s'effectue à peu près bien. Quelques légers soubresauts et nous roulons en tangotant un brin. Puis tout s'immobilise.

— Château de Vincennes, fin de section ! brame le Mahousse.

— Ta bouche, B.B. (Benoît Bérurier) intimé-je.

Je prête l'oreille. Une voix d'homme questionne, de l'extérieur :

— Hello, Eva, tout s'est bien passé ?

— A merveille ! assure notre pin-up.

— Le voyage ?

— Correct.

— Ainsi, vous nous amenez du monde ?

— Sous forme de saucissons. Je vous laisse le soin de déballer nos invités. Le boss est en forme ?

— En pleine forme, bien qu'il trouve le climat pénible.

Béru grommelle :

— Toi qui causais qu'on était dans le Midi ! On doit se trouver en plein Nord, oui ! Tu veux parier qu'on est à l'estrême nord de l'Hollande ?

Comme pour lui apporter une réponse, des gens ouvrent la porte du zinc. Une bouffée d'air embrasé nous déshydrate illico. Il doit faire au moins cinquante degrés à l'ombre. Des insectes font un bruit de concassage. Deux messieurs bronzés comme de l'anthracite de la Ruhr s'avancent et nous tirent vers la porte. La chaleur est terrible. Nous plongeons dans un sauna.

— Dis voir, je murmure, la Hollande se paie l'ambiance tropicale, on dirait.

J'ajoute, car nous sommes à l'extérieur maintenant et je découvre à perte de vulve un désert blanc, hérissé de dunes :

— Quant aux moulins à vent, ils se sont envolés !

Il y a près de l'avion une jeep au volant de laquelle se tient un superbe Noir. Un grand type blond, vêtu de blanc de la tête aux pieds, est en conversation avec Eva.

— Chargez-les à l'arrière de la jeep et conduisez-les au bungalow ! ordonne-t-il.

Les Noirs obéissent. Eva et l'homme en blanc s'éloignent en discutant. Je les entends pendant un instant et ce qu'ils disent m'intrigue :

LUI — Vous avez conduit ces opérations de main de maître, mon petit !

EVA — Le facteur chance a joué.

LUI — Pourquoi diantre avez-vous amené les deux autres ?

EVA — Parce que... monnaie d'échange...

Le reste de la conversation se perd. Je demeure perplexe contre le perplexus de mon Béru contusionné. Qu'entendait donc le gars fringué par Persil par « les deux autres » alors que nous sommes trois ? S'agit-il de Béru et de moi, ou de Belloise et de Béru ? Ou de...

Je n'ai plus le temps de passer en revue toutes les combinazione mathématiques. On colle le pauvre Riri sur nos abdomens (qui sont des abdomens publics) et la jeep quitte le terrain.

Bientôt nous arrivons en bordure d'une petite palmeraie ainsi baptisée parce qu'elle est constituée de palmiers. Une construction blanche, de style colonial, se dresse au milieu des arbres. La jeep stoppe et on nous décharge sous la surveillance du bonhomme en blanc des galeries Meknès.

— Mettez-les dans cette pièce ! décide-t-il.

On nous propulse sur un plancher disjoint.

— Espèce d'espèces ! hurle le Gros. Déliez-moi un peu les brandillons que je vous apprenne à me traiter comme du linge sale !

Mais le type en blanc ne se soucie pas le moins du monde des réactions de la Globule.

— Pépé ! dit-il à l'un des Noirs. Tu monteras la garde devant la porte par mesure de sécurité !

On nous laisse. La pièce où nous gisons est une sorte de resserre qui ne ressert pas à grand-chose. Elle n'est éclairée que par un vasistas étroit. Il y règne une chaleur d'autoclave.

M. Riri profite de la halte pour retrouver ses esprits.

— Où sommes-nous ? balbutie-t-il d'une voix molle.

— De l'autre côté de la Méditerranée, lui assuré-je. Mais te préciser l'endroit, ça...

— Vous plaisantez, m'sieur le commissaire !

— Pas aujourd'hui, j'ai la sciatique qui m'empêche de rigoler.

Je lui résume le voyage en avion et notre débarquement. Ça le frappe, le pauvre biquet.

— Mais enfin, qu'est-ce qu'on nous veut ? geint-il. Oh ! là, là ! quelle sale histoire ! Si j'avais su j'aurais mis Lormont en l'air sans rien dire à personne. Probable qu'à cette heure je serais plus tranquille !

— Tu serais tranquille dans une cellote

de Chambéry, mon gars, en attendant de passer aux assiettes !

Il hausse les épaules.

— Je serais mieux en taule qu'ici ! Et puis c'est pas prouvé que j'y aurais été, parce qu'entre nous, commissaire, les poulets, c'est pas des épées !

Le sarcasme me flétrit l'empêcheur de durée sous-jacent.

— Rengaine ta rengaine, Riri.

Béru clape des muqueuses.

— Il a rien dit, l'Homme de la Jamaïque, à propos de la bouffe ? s'inquiète Sa Maigreur. Je voudrais pas me répéter, mais j'aimerais bien becqueter un de ces jours, histoire de pas en perdre l'habitude.

— Commence par te taper mes cordes, conseillé-je, ça te fera les crocs !

— Quoi !

Je roule sur le côté de manière à lui présenter mon dos. C'est un risque qu'on peut se permettre avec un gars comme Béru, dont l'orthodoxie des mœurs est certaine, mais que je ne prendrais pas avec n'importe qui.

— Avec ce qui reste de ratiches, essaie de défaire les liens qui m'entravent les poignets, tu piges, abominable homme des sables ?

Il dit qu'oui et se met au turf.

Mais au bout d'une paire de minutes, môssieur fait du rebecca à cause de son ultime prémolaire qui vient de se séparer de lui sans préavis. Il glaviote du raisin en pestant, Béru. Il n'a plus qu'une incisive en ordre de marche et il prétend la réserver à la consommation de denrées plus comestibles que le chanvre.

— Attendez ! dit Belloise, moi j'ai des crochets de première. Je bouffe du verre et de la porcelaine, alors des cordes, c'est pour ainsi dire des spaghetti !

Nous nous rejoignons à force de soubresauts. Le pauvre gars pousse des plaintes à cause de sa tronche fêlée. Mais nous arrivons à nous mettre dans la position adéquate, et Riri exécute son numéro. Il n'a pas menti. Son damier, c'est une vraie paire de tenailles ! Le croc me cric ! Zioum ! Zioum ! Enveloppé ! monsieur le commissaire est déballé. Je peux enfin m'asseoir, masser mes poignets, remuer mes bras, faire rouler mes épaules.

— Quand t'auras fini de te dorloter, fais-nous signe ! mugit l'Enflure. Je te rappelle qu'on a la position Cap Carnaval, moi et Riri !

En riant bassement, je m'occupe d'eux. Nous ne tardons pas à être trois à nous masser les avant-pognes, les chevilles, les guitares, les salsifis, les nougats, et même la prostate vu que nos jauges thermostatiques se sont colimaçonné la durit au cours de la fiesta.

— C'est bon de pouvoir remuer, soupire Belloise. J'avais l'impression d'être une momie.

— Et maintenant, fait le Gros, comment qu'on sort d'ici : y a pas de fenêtre !

Il évalue d'un œil désenchanté le soupirail. Un homme normal ne saurait s'y glisser, à plus forte raison un briochard comme Cézigue.

— On va s'embourgeoiser et passer par la lourde, comme tout un chacun, dis-je.

— Y a un zouave qui nous garde dans le couloir. Dès qu'on va se mettre à tutoyer la serrure il appellera la garde !

— Tu oublies que je suis la ruse faite homme, Béru. Nous allons nous mettre à imiter des cris d'animaux.

L'Enflure refile un coup de périscope angoissé à Riri. Le bonhomme en gueule de bois me croit devenu dingue.

— Des cris d'animaux ? fait-il.

— Yes, monsieur. Si on hurlait, notre gardien se méfierait, mais quoi de plus gentil que des cris de bêtes lorsqu'ils sont imités par des hommes ? Ça va attiser sa curiosité et il voudra voir ça. Tout ce qu'on lui demande c'est d'ouvrir cette lourde, non ? Le reste on s'en chargera !

—Formide ! apprécie Belloise, si vous voulez, je peux faire l'âne, c'est ma spécialité.

— Banco ! Et toi, Gros, le porc, bien entendu ?

— Comment que t'as deviné ? s'étonne le Candide. Oui, j'imite le goret que même un charcutier s'y laisserait prendre !

— Moi je ferai le chien pour compléter la basse-cour ! A trois on y va, hein, mes fils ? De la souplesse, du moelleux ! Une, deux, trois...

Et ça part !

Le gars qui n'a pas entendu ce récital ignore tout de la vie campagnarde. C'est un concert pour étables et fosses à purin, mes choutes ! On ne pourrait pas décerner la palme à l'un plutôt qu'à l'autre ! Riri, c'est Aliboron fait homme, quant au Mastar, il ne pourrait pas se permettre ses imitations dans une porcherie, toutes les truies viendraient à la relance et Sa Majesté devrait faire du contrecarre à sa Berthe !

Au bout de deux minutes, on entend miauler le verrou. Je file un œil de plâtre à mes petits copains et je vais me placer derrière la porte. Cette dernière s'entrouvre et le négus qui nous garde passe sa tête dans l'ouverture. Je ne lui laisse pas le temps de l'en retirer. Ma manchette craquante ! Il part en avant sur le plancher. Béru le happe au passage et le redresse pour mieux lui ajuster un coup de boule dans le clapoir. Cette fois le gardien tombe sur les genoux. Il est out comme un 32 juillet, mais Belloise qui éprouve le besoin de se défouler lui débloque d'urgence sa ruade... de l'âne number one ! Avec tous ces analgésiques, notre petit camarade en a pour deux mois à ronfler.

— A nous la liberté ! clamé-je.

On met flamberge au vent et on se hasarde dans le couloir. Le bungalow semble aussi calme que la vie privée d'un eunuque.

— Alors, on y va ? demandé-je à mes compagnons de voyage.

— Où ça ? s'inquiète le Mahousse.

— Je ne sais pas, mais on y va quand même !

— Si z'au moins on avait une arme, soupire le Gros, j'ai horreur de me balader les mains vides dans un guêpier pareil !

— De toute manière, lui dis-je, il n'est pas question d'assiéger la citadelle, tout ce qu'on peut essayer de faire c'est de se barrer !

Joignant le geste à la jactance, je rase le mur jusqu'à l'extrémité du couloir. Une porte donne sur une esplanade de l'autre côté de laquelle bée un hangar où sont remisées deux tires : la jeep et un camion tout-terrain de l'armée. Le gars qui nous a extraits du tombeau la veille est occupé à réparer le camion. Il chante en bossant. C'est un truc espagnol, vous savez ? Façon gargarisme à l'eau salée !

— On va s'élancer en terrain découvert, dis-je aux aminches. On se pique la jeep et on dit au revoir à ces braves gens. Toi, Riri, tu la mets en route pendant que je m'occupe du ténor, vu ?

— Vu !

Nous nous élançons dans la lumière torride. J'arrive le premier, battant Belloise d'une poitrine et Béru d'un dargeot. Le mécanicien se retourne sans cesser de chanter. Il n'en croit pas ses yeux en amande.

— Ferme ta bouche, Toto, recommandé-je, je voudrais prendre les mesures de ton menton.

Il va pour choper un outil, mais mes cinq francforts unies pour le meilleur et pour le Pirée entrent déjà en collision avec sa mâchoire. Il part en arrière et, prompt comme l'éclair, sort un couteau un peu moins long que l'épée de Damoclès. La lame claque. Il lève le bras pour me perforer. Comme une truffe je suis bloqué par le camion et je n'ai rien sous la pogne pour essayer de me défendre. Mais Sa Seigneurie Béruréenne veille. Le Gros chope un seau d'huile de vidange et le propulse sur la bouille de l'homme aux favoris. La question est tranchée sans l'aide de son ya. Je lui fais le coup du chasseur sachant shooter. Terminé ! Le moteur de la jeep ronfle déjà !

— Les voyageurs, en voiture ! lance

Belloise qui a l'air de se payer une seconde jeunesse.

— Une seconde, fils !

Je ramasse le flingue du zig vidangé et je plante la lame dans les pneus du camion. J'en perfore deux et je vais pour m'occuper du troisième lorsque Béru tonne :

— Acré ! Les v'là !

Alors je saute dans la jeep et Riri fait un démarrage en trombe.

A la sortie de la vaste cour, l'homme en blanc et deux mastars nous coupent la retraite, armés de parabellums à grand spectacle.

Ils nous couchent en joue, ce qui est moins gentil que de nous coucher sur leur testament ou dans le lit de leurs épouses. L'homme en blanc nous hurle de stopper, mais on s'en tamponne le coquillard.

— Baissez-vous et laissez-moi manœuvrer ! nous dit Riri.

Dans la vie, il est des circonstances où il faut faire confiance à son prochain. Le Gros et moi-même nous nous mettons à croupetons sur le plancher de la jeep. Ça se met à vaser ferme. On se croirait au Chemin des Dames. Les balles crépitent contre la carrosserie. Le pare-brise fait des petits et on se prend des morceaux de sécurit plein les tifs. Mais l'auto continue de foncer. Un cri ! Un choc ! Je me dis qu'on a percuté un arbre, mais non : il s'agit d'un homme.

La jeep passe dessus et continue sa course zigzaguée. Maintenant les balles viennent de derrière, preuve que nous avons franchi le barrage. Bientôt la mitraillade cesse. Nos intercepteurs doivent se rabattre sur le camion pour la poursuite western ; ils vont être contents de trouver leurs boudins dégonflés.

— Ça va, relevez-vous ! dit Belloise.

On se réinstalle sur les sièges.

— Pas de bobo ? je demande à notre conducteur émérite.

Il rigole.

— Un petit bout d'oreille de rien du tout. C'était joyce, non ? Ça m'a rappelé quand on a ratissé la succursale du Crédit Lyonnais à Vitry !

Il réalise brusquement à qui il parle et bredouille :

— Je disais ça pour se marrer, natürlich !

— Ben voyons, fais-je.

Je regarde derrière moi. En bordure du bungalow, je vois une masse sombre sur le sol.

— Dis voir, Riri, t'aurais pas meurtri un des gars, par hasard ?

— Dame, il nous défouraillait dessus, je lui ai fait le truc de la corrida et il s'est pas évacué assez rapidos. Je crois bien que sa cage à soufflets en a pris un vieux coup, j'ai entendu craquer. Faudra qu'y se fasse remettre des cerceaux neufs, moi je vous le dis !

Je mate la guimbarde. Elle est percée comme des gants de coureur cycliste.

— On a eu de la chance de ne pas se faire trouer les chaussettes avec cette distribution d'olives, apprécié-je.

— Parle pas d'olives, tu veux, supplie Sa Rondeur, je crève littérairement de faim !

— Je me demande où nous sommes, murmure Belloise. Vous trouvez pas que le paysage manque un peu d'ombre ?

— C'est vrai, gars. Les bûcherons ne doivent pas faire fortune dans ce bled.

— Ce serait pas le Sahara ?

— Je l'ignore ; tout ce que je peux vous dire, c'est que ça n'est en tout cas pas la forêt de Marly !

— A ton avis, hasarde le Goret, il y a loin d'ici z'au prochain bistrot ?

— Douze mille kilomètres à peine.

Il gémit.

— C'est terrible. On va mourir de faim et peut-être même de soif ! Attendez : y a un mec qui fait du stop, là-bas !

— C'est pas un stoppeur, c'est un cactus, rectifie Belloise, vous avez du caramel mou à la place des yeux, m'sieur Bérurier !

Béru passe sa main gauche par-dessus le volant et chope un bouton de Riri.

— Ecoute, petit gars, rouscaille l'Enorme, faudrait pas oublier à qui c'est que tu causes. J'aime pas que les truands se permettent des prévôtés avec moi, vu ? Les petits malins qui vont taquiner les agences du Crédit Lyonnais et qui ensuite viennent faire de l'esprit à votre détritus me chiffonnent !

Riri hausse les épaules.

— Vous fâchez pas, m'sieur Bérurier.

— Inspecteur principal, siouplaît !

Alors Belloise n'en peut plus.

— Ecoutez, tas de fesses, ici y a pas plus d'inspecteur principal que de beurre dans la culotte d'un zouave ! J'ai pas demandé à jouer « Un Taxi pour Tobrouk », moi ! Sans vos combines à la graisse de cheval mécanique, je serais encore à Courchevel à faire du ski.

— Arrête un peu ta charrette, dis, morveux, que je te répare la devanture !

— Si vous y tenez, j' suis votre homme !

L'autorité San-Antoniesque doit se manifester.

— Quand vous aurez fini vos giries, les gars, vous m'enverrez un télégramme ! En plein désert, avec une horde de loups au panier, vous trouvez encore le moyen de vous attraper !

Ils se calment. Nous parvenons à la hauteur d'une gigantesque plante grasse et, très fair play, Béru convient de son erreur :

— Fectivement, dit-il, c'est un cactus. Et il s'est pas rasé.

Il tire sa belle langue aussi chargée qu'un envoi de fonds.

— J'ai la menteuse comme une queue de morue dans un baril de saumure ! Des fois que t'apercevrais un café-tabac, fais escale, Riri !

— Si on est privés de boisson on n'est pas privés de désert ! plaisante Belloise qui a retrouvé sa sérénité.

— Ecoutez, mes enfants, leur dis-je, les routes, même en mauvais état comme icelle, ont toutes une particularité : elles conduisent quelque part. Ce quelque part, on finira bien par y arriver. Tu as de l'essence au moins, Riri ?

— Le réservoir est presque plein, regardez la jauge !

— Alors c'est O.K., appuie sur le champignon.

Notre fuite dans le désert continue. Nous roulons une demi-heure, sans parler. La chaleur est terrible et nous avons la gorge aussi sèche que le revêtement de briques réfractaires d'un haut fourneau. Depuis un moment nous nous sommes collé des chiffons sur la tronche pour éviter l'insolation.

La voiture cahote car la piste n'est pas laubée. Soudain, le Gravos donne des signes d'inquiétude.

— Vous allez p't'être dire encore que je m'hallucine, fait-il, mais je crois bien que j'entends une voiture !

Je prête l'oreille. Le gars moi-même, fils unique et préféré de Félicie, croit également percevoir un bruit de moteur.

— Arrête un instant ton moulin, Riri !

Riri coupe la sauce. Le silence se fait brusquement, et, pendant dix dixièmes de seconde nous entendrions pousser nos barbes. Et puis un ronron retentit. Lancinant, grossissant.

— Enfin, quoi, vous allez pas dire l'essence m'abuse, comme dirait le docteur du même nom ! fait Béru.

— En effet, on entend quelque chose, Gros.

Je me dresse dans la voiture et je sonde la piste, loin derrière nous. Elle s'étend à perte de vue dans un décor lunaire. La chaleur fait comme un voile doré qui danse au bout de l'horizon.

— Je ne vois rien.

— Est-ce que ça existe, les mirages acoustiques ?

— Oui, Gros, ça existe, mais tout de même...

Riri, lui, explore la piste en avant. Et il n'aperçoit pas le moindre véhicule, même pas un Solex. Il y a l'immensité de rochers et de sables blancs de soleil, avec ce bruit grossissant obsédant.

Et c'est encore le Gros qui éclaire notre lanterne :

— C'est pas une bagnole, c'est un avion.

Son doigt désigne un point argenté qui scintille dans les nues.

L'avion se précisc, perd de l'altitude. Il fond sur nous comme un vautour sur un garenne.

— On a crevé les pneus de leur camion, mais ils ont pris leur coucou pour nous courser ! annonce Riri.

En moins de temps qu'il n'en faut à un cul-de-jatte pour devenir champion du monde de ski nautique, le zinc est au-dessus de nos têtes hagardes. Son fracas nous rend sourds. Le coucou est passé, il reprend de la hauteur afin d'amorcer un nouveau virage.

— Il revient ! annonce Bérurier. C'est bien leur z'oiseau !

— Et ils vont nous canarder ! prophétise Belloise, voyez : ils viennent d'ouvrir la porte de la carlingue.

A peine a-t-il achevé ces mots que l'avion repasse, un peu plus bas. Il n'est pas à plus de cinquante mètres de nous. Plusieurs choses rondes en tombent.

— Des grenades ! fais-je, faites gaffe à vos osselets !

Nous nous accroupissons. Une série de détonations violentes secoue la voiture. L'avion s'éloigne une fois encore, revire, revient !

— Voilà la nouvelle vague ! s'écrie le Gros.

En fait de nouvelle vague, moi je préfère les films de Chabrol.

Cette fois ils ont mieux visé et nous sommes environnés de feu et d'éclats. Béru hurle.

— T'es touché, Gros ? crié-je dans le tumulte.

— J'ai morflé un éclat dans les miches !

— Laissez-vous tomber de la bagnole et restez allongés sur le sable. On va leur faire croire que nous sommes morts. Sinon ils vont nous harceler jusqu'à ce que nous le soyons réellement.

— Et s'ils essaient de faire le bon poids ? émet Belloise.

— Faites ce que je vous dis !

Tandis que l'avion prend son virage, loin d'ici, nous nous affalons en des postures éloquentes : enchevêtrés, les bras en croix.

L'avion repasse encore, mais sans rien larguer.

— Ils nous observent ! annoncé-je. Continuez de faire les morts, ils doivent avoir des jumelles.

— T'es bon, bougonne l'Ampleur, y a un lézard qui vient d'entrer dans mon calbart.

— Parce que c'est vide et qu'il a cru que l'emplacement était disponible. Tolère-le un peu, Gros. Entre animaux il faut se soutenir !

— Vous parlez d'une fiesta ! soupire Belloise.

— Du sang à la dune ! je ricane.

— Du sang à la lune ! rectifie Riri, vous n'avez pas vu le valseur de votre esclave, m'sieur le commissaire ?

Cette conversation a lieu que nous sommes à plat bide dans le sable chaud qui sert à parfumer les cheveux de légionnaire.

L'avion tournique encore deux ou trois fois au-dessus de nous, puis il reprend de la hauteur et fait demi-tour.

— Ne bougez toujours pas. Il s'agit peut-être d'une ruse.

Nous restons immobiles. Bien nous en prend, car, cinq minutes plus tard voilà ces vaches-là qui font un petit retour offensif. Mais il s'agit d'une simple vérification. Leur coucou de malheur repart, et cette fois c'est pour de bon.

— On peut se relever, mes petits.

— Ouille ! mon dargif ! lamente Béru.

— Aïe ! mon oreille ! soupire Riri à qui il manque un joli morceau d'étiquette.

Il caresse la plaie en geignant.

— Dites, ça va me gêner pour téléphoner, non ?

— D'ici que tu rencontres un taxiphone ça sera cicatrisé, fais-je sinistrement.

CHAPITRE XI

Le ciel est maintenant vide. Son immensité nous éprouve. Nous ne sommes que de minuscules fourmis égarées dans un univers lunaire. Je le fais remarquer à mes compagnons, mais ils ne sont pas portés sur les considérations philosophiques. Faut dire aussi qu'ils ont faim car nous n'avons rien graillé depuis des millénaires et le vide de notre estom' est déprimant.

— On se croirait peut-être dans la lune, admet Béru, mais c'est pas ce qui nous donne à bouffer. Et puis moi, les voyages dans le cosmétique, je ne suis pas partant.

— Occupons-nous de la charrette, émet Belloise, j'ai l'impression qu'elle en a pris un vieux coup !

Nous contournons le véhicule meurtri et nous poussons une sale grimace en constatant qu'un éclat de grenade a crevé le réservoir d'essence et que notre bonne tisane s'est répandue dans le sable.

— Nous voilà beaux, fait Riri, qu'est-ce qu'on va devenir ?

— De beaux squelettes bien blancs, assuré-je

Le Gros balbutie :

— C'est pas possible ! Moi, maigrir à ce point ! Oh ! quelle soif il fait, mes aïeux.

— Eh bien ! maintenant on peut boire, dis-je.

— Qu'est-ce que tu débloques, San-A. ? T'as un coup de palétuvier ou quoi ?

— Puisque la voiture est hors d'usage, on peut picoler l'eau du radiateur.

Je chope une torche électrique dans la niche du tableau de bord, j'ôte la tête et la pile, et je tends le gobelet improvisé au Gros.

— Sers-toi, Béru, c'est ma tournée. Le robinet de vidange est au bas du radiateur !

Belloise en conçoit une légitime admiration.

— On peut dire que vous êtes un homme de ressource, m'sieur le commissaire.

— Un homme de source, oui, tu veux dire ! rigole Sa Majesté Assoiffée Ier, en se tirant à boire. Mince ! s'exclame-t-il, on dirait du rosé de Provence, t' es sûr qu'il y a pas d'antigel dans cette flotte ?

— De l'antigel ici ! Ce serait vraiment du luxe ! C'est plutôt de l'antivapeur qu'on mettrait dans l'eau.

Il goûte le breuvage et fait la grimace.

— Pouah, c'est infect, ça a un goût de ferraille.

— C'est ce qu'on appelle se taper un coup de rouille, Gros.

Il boit pourtant et, complaisant, nous tire du nectar. En effet, il n'est guère fameux, mais il nous hydrate cependant.

— Et maintenant, que vais-je faire? chantonne le Gros qui connaît ses classiques.

— Du stop ! annoncé-je.

— Tu charries !

— Non. A pied, nous n'irions pas loin, surtout avec le ventre vide. Ici au moins nous avons l'eau et l'ombre de la voiture pour attendre.

— Mais attendre quoi ? s'insurge Riri.

— Un messager de la Providence.

— J'ai idée qu'il est en retard, ton mec, fait Gras-Dubide en s'asseyant.

Il pousse un cri et se relève. Son dargif meurtri lui interdit dorénavant cette agréable position. Alors ma pauvre Gonfle s'étend à plat ventre sur le sable chaud.

— C'est pas pour rouscailler, m'sieur Béru, proteste Riri, mais vous tenez toute l'ombre !

— T' as qu'à te mettre dans mon ombre à moi, rétorque l'Enorme.

Ainsi est fait. Tandis que ces messieurs se reposent, je fais l'inventaire de la jeep. Je n'y trouve qu'une pelle de camping, un paquet de cigarettes entamé, une pochette d'allumettes, un couteau, de la corde et une photographie de Brigitte Bardot découpée dans une revue. Je place la photo sur le pare-brise et j'allume une cigarette. Le soleil brille avec une telle force que je ressens ses coups derrière ma nuque. L'air que nous respirons paraît sortir d'une forge.

Je me dis, en admirant le galbe de la vedette, que nous sommes dans une drôle d'impasse (l'image est hardie) ou que nous nous trouvons au milieu d'une immensité de roches et de sable. Le jour décroît soudain. La notte s'abat sur nous comme une couverture. Nous tombons en digue-digue (comme on dit à Nantes). Notre faiblesse est telle que nous n'avons même plus le courage de parler. On se paie une dernière tournée de flotte rouillée, puis on se met à ronfler au clair de lune. Chose curieuse, il ne fait pas froid, contrairement à ce qu'on m'a dit des nuits sahariennes. La température est douce et notre organisme s'en trouve apaisé.

Nous dormons. Un vrai sommeil enfin !

***

La voix de Belloise, enrouée par la nuit à la belle étoile :

— M'sieur le commissaire !

J'ouvre les yeux. Il fait jour. Pourtant le

soleil ne fait que caresser la ligne d'horizon de ses doigts d'or (1).

Belloise, avec sa barbouze qui a encore poussé et ses yeux en virgule mal faite n'est pas précisément le pin-up boy qui se pavanait à Courchevel naguère !

— Voilà du peuple ! me dit-il.

Il me montre la piste, dans la direction que nous avons suivie. Au loin, un point noir grossit. Il a un bruit de moteur ce point noir : pas d'erreur, il s'agit d'un véhicule.

Nous attendons un bout de moment, en silence. Seuls, les ronflements du Gros répondent à ceux de la voiture.

Je réveillerais bien la Grosse Pomme, mais à quoi bon ? Dans le sommeil, au moins, il oublie les vicissitudes de l'instant.

— On dirait un camion, assure Belloise.

— Oui, c'en est bien un, en effet.

Quelques minutes s'écoulent encore. Les contours du véhicule se précisent : il s'agit bel et bien d'un camion. Et je crois même reconnaître le camion tout-terrain dont j'ai perforé les boudins la veille.

— Ce sont eux, n'est-ce pas ?

— Oui. Ils viennent ramasser nos carcasses et récupérer leur jeep qui aurait pu les trahir.

(1) Je pourrais vous sortir des images plus poétiques encore mais je risquerais de décrocher le Goncourt et ça nuirait à la vente de mes chefs-d'œuvre !

— Qu'est-ce qu'on fait ? demande Riri.

Je secoue la tête.

— Que veux-tu faire, mon pauvre lapin ! Regarde : ils sont une bonne demi-douzaine, armés jusqu'aux râteliers, et nous n'avons qu'une pelle et un couteau cassé pour leur déclarer la guerre, sans compter que nous ne tenons plus debout !

Maintenant le camion est à vingt mètres de nous. Plusieurs types en dégringolent, dont l'homme en blanc. Ces messieurs possèdent des mitraillettes et des pétards ultra-modernes ! Un vrai petit arsenal !

— Cette fois, si vous avez le malheur de lever le petit doigt, nous vous déguisons en chair à pâté ! crie l'homme en blanc.

Au mot pâté, le Gros sursaute.

— Oui ! oui ! encore du pâté ! fait-il en bavant.

Il se frotte les yeux, zieute la scène et se tourne vers moi.

— Où ce qu'on est, San-A. ?

— En plein désert, ma vieille Guenille !

— Tu charries ! Regarde ce buffet comment qu'il est garni. Je voudrais bien un gigot entier, tu crois que ça se remarquerait si je me le calottais pour moi tout seul ?

Il a la fièvre : sa blessure au prose, sûrement.

— D'accord, tu peux le prendre, consens-je, mais mets ta serviette autour de ton cou, sinon tu tacherais ta cravate neuve.

Béru se précipite sur le sable, il le saisit à poignées et s'en cloque une demi-livre dans la bouche. Il mastique un moment et murmure :

— C'est dommage, il est trop salé !

L'homme blanc éclate de rire.

— J'ai l'impression que nous tombons bien, n'est-ce pas ? Je vous croyais morts, commissaire !

Je ne réponds rien. Les gars n'ont aucun mal à nous charger dans leur camion. Notre délabrement est si visible qu'ils ne prennent même pas la peine de nous attacher.

Le gros camion vire sur la piste. Pendant sa manœuvre, l'homme blanc donne des ordres à ses sbires. Ceux-ci arrosent la jeep avec l'essence d'un jerrican et y mettent le feu. Puis tout le monde reprend place à bord et nous rejoignons notre base. Je suis désabusé. Tout esprit combatif m'a quitté. La tête me fait mal et il me semble qu'un rémouleur a installé sa meule dans l'arrière-salle de mon usine à fabriquer les idées géniales.

CHAPITRE XII

Il vous est certainement arrivé, à la campagne, de franchir des clôtures barbelées, pas vrai ? Vous savez par conséquent ce que c'est de se piquer les paumes des mains, les cuisses, le dargeotin et les modulateurs de fréquence ; d'abandonner aux griffes perfides un lambeau de son costar ou une pincée de ses crins. Figurez-vous que mes foies blancs, lorsqu'ils nous ont ramenés à la casbah, ne trouvent rien de mieux pour nous faire tenir tranquilles que de nous entortiller dans les barbelés. Sans serrer, je vous le concède, mais tout de même c'est une sensation drôlement désagréable, croyez-moi (et si vous ne me croyez pas allez vous faire considérer par les Grecs). Seul détail réconfortant, la môme Eva nous apporte à becqueter. C'est pas le menu gastronomique du Coq Hardier, puisqu'il s'agit d'une assiettée de riz cuit à l'eau, mais dans l'état où nous sommes, cette céréale est la bienvenue. L'inconvénient majeur des barbelés est de nous forcer à rester debout car, à moins d'être le fakir Bâ-Louch-Chî, on ne peut guère se coucher sur des fils barbelés. Béru se chante *la Marseillaise* pour justifier sa position verticale.

Mais il ne connaît qu'un couplet et, l'ayant chanté quatorze fois d'affilée, il finit par la boucler. Maintenant, le gardien qui nous surveille ne se tient plus dans le couloir, mais dans notre geôle. Il est à califourchon sur une chaise avec une mitraillette accrochée au dossier du siège et il fume en nous considérant d'un œil blanc. Cette fois je me dis qu'il faudrait un peu plus qu'un miracle pour nous sortir de ce pétrin. Ce qui me trouble, c'est qu'on ne nous ait pas encore interrogés. Pourquoi diantre ces gens-là nous ont-ils amenés si loin de France ? Espèrent-ils encore que nous leur dirons ce qu'est devenu Lormont ? Et, au fait, qu'est devenu Lormont ? Si je comprends bien, il y a deux bandes sur le coup. Celle de Quincy, et celle de l'homme blanc. Eva m'avait l'air de briffer à deux râteliers. Toujours est-il qu'elle a pigeonné Quincy en nous délivrant et en s'assurant de nos personnes. A moins que, ce faisant, elle n'ait obéi à un plan d'action savamment préétabli. Mystère et boule Bégume. Comme Riri se lamente, je lui dis de garder confiance.

— Vois-tu, gars, ces braves gens l'avaient belle pour nous scrafer. S'ils nous détiennent prisonniers, c'est que nous représentons pour eux un certain intérêt, à défaut d'un intérêt certain. Or on ne détruit pas les choses de valeur.

Il hausse les épaules, ce qui lui cause des démêlés avec ses barbelés personnels.

— Tout ce que vous pouvez me bonnir, m'sieur le commissaire, c'est poudre aux châsses et compagnie.

Il y a une petite heure que nous voilà déguisés en porcs-épics (et colégramme), lorsque notre chère Eva réapparaît. Elle s'est déguisée en Diane chasseresse pour safari et porte des culottes de cheval blanches et une chemisette à grille largement ouverte sur le devant. Les mains aux poches elle se campe sur ses deux jambes de pouliche musclée et me regarde en souriant. Ses cheveux blonds sont noués derrière sa petite tête de linotte par un ruban de velours noir. Vous verriez ce sujet, mes chers camarades, vous contracteriez illico un engagement dans la Légion ou une crise d'urticaire.

— Ce que vous êtes bath, mon cœur, je lui distille. Etre martyrisé par vous devient un plaisir.

— Vraiment ? fait la môme, en s'approchant du ravissant San-Antonio, l'homme qui ferait vibrer une plaque de blindage.

Elle me regarde à bout portant et murmure :

— En martyr, vous n'êtes pas mal non plus.

— Merci. Mais je préférerais être déguisé en séraphin.

La gosse approche sa bouche de la mienne et, aussi vrai que je vous le bonnis, par-dessus mes barbeloches se met à me galocher férocement.

— Après vous s'il en reste ! clame Bérurier.

Le baiser se prolonge, et je sens que je me prolonge aussi dans mon hémisphère sud.

— Dites, darling, je balbutie lorsqu'elle refait surface because l'oxygène fait partie des nécessités humaines, vous devriez penser que je suis entortillé dans du barbelé de bas en haut ; avec une séance pareille je risque de ne pas laisser que des lambeaux de mon cœur à ces ronces d'acier.

Ça l'amuse et elle remet la table séance tenante. Cette fois c'est le grand service, avec couverts à poisson, verre à eau et cuillère à dessert.

— Si t'es pas son genre, grogne l'Enflure, c'est vachement bien imité.

M'est avis que c'est pas du Burma, les gars. Cette petite squaw appartient à la tribu des Langues agiles. Elle a les labiales aspirantes et les quenottes fourbies au Super-Colgate !

Moi, je ne regrette que deux choses : de ne pas avoir connu plus tôt l'Ecole Universelle, et d'être entortillé dans des ronces artificielles. Si j'avais la liberté de mouvement, vous voudriez voir ce travail d'équipe ! Ce serait dare-dare l'embrocation Moldave, façon pivert survolté ; le Magic-City avec entrée libre ; Pearl à rebours !

Mais soudain je déchante. Cette fille de Garches vient de me mordre la lèvre inférieure jusqu'au sang. La douleur me ramène sur terre sans escale. J'ai la fusée Mercury qui décélère, mes fils ! Si mon parachute à condensation émolliente fiscale ne s'ouvre pas je vais me fracasser la capsule !

— Espèce de petite panthère ! fais-je en promenant ma menteuse caressante sur la lèvre endommagée.

Eva part d'un rire hystéro. Je serais sa maman, je prendrais un rancart pour elle chez un neurologue patenté, et je ferais fissa car, sans vouloir formuler un diagnostic définitif à son sujet, il se pourrait que sa courroie de transmission patine un peu.

— Et maintenant, on va vous donner un peu de compagnie ! fait-elle.

Elle retourne à la lourde. Je ne puis m'empêcher d'admirer sa démarche ondulante, sa silhouette souple et provocante. La chute de reins de cette souris vaut celle du Zambèze, je vous le dis. Des frangines commak zambèzerais des treize à la douzaine, ze vous le zure !

Elle fait claquer ses doigts et deux gars bruns s'annoncent en coltinant un troisième gars qu'ils jettent sans ménagement sur le plancher. L'arrivant porte des pansements rouges de sang autour de la tête, aux mains et aux pinceaux.

Le mot pansement est excessif. Il s'agit en fait de vieilles serviettes grossièrement nouées afin de stopper des hémorragies. La figure de l'arrivant est marbrée de bleus.

Il gît sur le plancher, immobile. Son souffle est saccadé ; de brèves convulsions parcourent son corps.

J'ai idée qu'il s'est payé une séance à grand spectacle, avec nerf de bœuf, moulin à viande, fouet à neuf queues et gros sel.

— Faites bon ménage ! plaisante cette garce d'Eva en s'en allant.

— Qu'est-ce que c'est que ce julot ? demande Bérurier.

— I don't know, boy.

— J'ai l'impression que ç'a été sa fête, murmure Belloise. Ce qu'ils ont eu à lui dire ils le lui ont pas dit avec des fleurs !

Je regarde fixement l'arrivant. Il me semble que je l'ai vu quelque part. Et puis, soudain, comme il remue et me dévoile sa pauvre figure, je pige : c'est Lormont !

Vous avez bien lu ! Lormont en chair (à pâté) et en os (fêlés). Du coup, je ne pige plus. Ce qui m'échappe, c'est moins les raisons de sa présence ici que les raisons de la mienne. Puisque ces bandits ont Lormont, qu'attendent-ils de moi, de nous ?

Vous avez une idée, vous qui en manquez tellement ? Non, bien sûr ! Le jour où vous aurez pour trois balles d'esprit de déduction, il faudra pavoiser. Seulement c'est pas demain la veille, hein, les zenfants ? Vous autres, dès qu'une pensée vous traverse le cerveau, vous affichez complet. Et encore faut voir quelle pensée ! De l'article en solde, of course ! De la bimbeloterie avariée, sans phosphore et sans forme précise. Vos idées — vous ne vous faites pas d'illusions, j'espère ? — sont aussi infourgables qu'une bagnole américaine. Vous les donneriez que personne n'en voudrait. Pas même un chiffonnier, pas même la ramasseuse de lots d'une kermesse paroissiale. Même à la poubelle elles ne font pas sérieux et les boueux sont obligés de se cogner un coup de vulnéraire pour les coltiner jusqu'aux immondices. Vous avez du papier tue-mouches à la place du cervelet, voilà la vérité. Ça poisse à l'intérieur et les saloperies de la vie courante s'y agglutinent. Tous les slogans, les lieux communs, les déclarations, les bobards, se collent à votre matière grise comme du chewing-gum à des fausses dents.

Votre tronche ressemble à la poche d'un aspirateur après usage. C'est bourré de « Je vous ai compris », de « Je t'aime chéri », de « Jeanmineureries », de « journalparleries », de T.V., d'U.M.D.P., d'U.N.R., de P.M.U., de P.G., de C.C.P., de S.R., de O.K., de K.O., de S.O.S. et surtout, oui, surtout : de C.O.N. (avec un S au pluriel).

Non, je ne pige pas ce qu'on me veut. Jusqu'alors on m'a demandé Lormont. Or, ils ont Lormont.

Un silence long comme une lance de jouteur s'établit. François Lormont se dresse sur un coude, tant bien que mal car il a les poignets et les chevilles attachées.

— Alors, monsieur Lormont, fais-je, vous êtes donc des nôtres à cette garden-party ?

— Comment ! C'est lui Lormont ! bée Béru. Depuis le temps qu'on nous cause de lui ! On va peut-être nous ficher la paix maintenant.

— Que vous est-il arrivé ? je questionne.

L'industriel émet une faible plainte, ce qui est navrant de la part d'un homme qui a émis tant de chèques provisionnés.

— Ils m'ont assommé dans votre chambre de Courchevel. Ils s'étaient fait passer pour des inspecteurs.

— Et ensuite ?

— Le voyage a été long. On m'a amené ici et torturé. Les misérables ! Vous ne pouvez pas savoir les sévices qu'ils m'ont infligés ! Mon corps n'est plus qu'une plaie !

— Pourquoi ces mauvais traitements ? demandé-je.

Il ne répond pas.

— Pour vous faire cracher du fric ?

— Non, pas exactement.

— Alors ?

Re-silence. Lormont est au bord de l'évanouissement.

— Vous n'avez pas confiance en moi ? insisté-je.

Il paraît hésiter. Il est vrai qu'après un tel coup foireux il est en droit de mettre mon génie policier en doute. Mais quoi ! je peux me tromper, je ne suis pas le Pape. Dans toutes les carrières on trouve des échecs.

— Au point où j'en suis, murmure-t-il, ça n'a plus guère d'importance.

Il respire doucement et j'en déduis qu'il doit avoir pas mal de côtes cassées.

— Vous savez que mes usines ont un laboratoire de recherches nucléaires ?

Tiens, pourquoi le Vieux ne m'en a-t-il pas parlé ?

— Un groupe d'ingénieurs de l'Etat travaillaient chez moi sous la direction du professeur von Klafouti à la création d'une arme thermo-statique-mixte à virevolteur cadastral électronique dont la force destructrice est terrible !

— Et c'est à cette arme qu'en ont tous ces foies blancs ?

— Naturellement.

— C'est à cause des plans qu'ils vous ont torturé ?

— Oui. Ils ont été tirés en deux exemplaires. L'un est au ministère de la Guerre, l'autre en possession de mon groupe.

Il est prostré soudain. Pour qui connaît l'âme humaine (et je suis de ceux-là), son attitude donne à réfléchir.

— Monsieur Lormont, appelé-je, vous avez parlé, n'est-ce pas ?

— Hélas !

— Si bien qu'ils vont pouvoir se procurer les plans ?

— Ils les ont !

La colère béruréenne vient faire diversion.

— Espèce de vieille guenille ! Visez-moi un peu c't' tronche d'avachi ! Dire qu'on fout des secrets d'Etat dans les mains de cervelles comme ça !

— J'aurais voulu vous y voir ! proteste misérablement François Lormont.

— Moi z'aussi, mon pote, j'eusse voulu que vous m'y vissiez ! riposte la Globule.

Question courage, vous pourriez prendre des cours du soir z'avec moi ! Ah ! ces grossiums, ronchonne le démocratique Béru, une fourmi qu'éternue et ils grimpent sur la table en appelant leur vioque ! Pas besoin de leur z'y faire prendre de la Quintonine pour qu'ils se mettent à table !

— Ecrase, Gros ! intimé-je. Ainsi, monsieur Lormont, l'invention est entre leurs mains sales ?

— Je suis déshonoré à tout jamais ! S'ils me relâchent un jour je me logerai une balle dans la tête !

— Avec une cuillère à café, je vois ça d'ici ! ricane le Formidable. Môssieur a bien le genre à se faire le rat-qui-rit avec un couteau à lame de caoutchouc mousse !

Je vais pour questionner Lormont, mais des pas dans le couloir m'incitent au silence. Le pauvre bonhomme pleure de souffrance et de honte sous les yeux injectés de réprobation de Bérurier le Valeureux.

Belloise, lui, s'en tamponne le coquillard avec une patte d'astrakan.

La porte s'ouvre sur une escouade. Il y a là Eva, l'homme en blanc et trois autres mercenaires armés de revolvers et de tenailles.

— Délivrez-le ! ordonne Eva en me montrant.

Les mercenaires se mettent à trancher le barbelé qui m'encoconne. C'est vite réglé.

— Emmenez-le au salon ! fait l'homme en blanc.

Le Gros se fout à beugler.

— Et nous alors ? On commence à attraper de la pénicilline sous les radis à force de se tenir debout dans votre combinaison de protection pour pucelle.

— Soyez sage ! lui gazouille Eva.

— Faites-nous au moins apporter à becqueter ; votre bol de riz, c'était comme qui dirait pour ainsi dire un grain de millet dans la gueule d'un âne !

— Je ne vous le fais pas dire ! plaisante Eva.

Et elle referme la porte sur les protestations de ce pauvre Gravos, lequel doit rêver tout éveillé à des homards Thermidor et à des poulardes demi-deuil.

La cohorte m'emmène dans une vaste pièce agréable, au plafond de laquelle un immense ventilateur zonzonne en remuant l'air de ses pales. Les zigs qui me coltinent me jettent sur le tapis, sans égard pour ma personnalité.

— Dites donc, les gars, je proteste, vous n'avez donc pas lu l'étiquette ? Je suis marqué « Fragile ». Ma chère Eva, poursuis-je, si un jour je monte une entreprise de déménagements, je n'embaucherai certes pas vos zigotos : ils couleraient ma boîte !

— Fermez votre damné bec, dit rudement le type en blanc, et ouvrez plutôt vos oreilles !

— Avant d'ouvrir quoi que ce soit, commencez par me détacher. Je suis tellement ankylosé qu'à côté de moi, la statue d'Abraham Lincoln a l'air de remporter le décathlon des Jeux olympiques !

— Détachez-le, Stevens, conseille la jolie amazone.

— Merci, chérie, je susurre, je savais bien que votre petit cœur était plus tendre que de la laitue d'avril.

Un coup de savate en pleine poire me fait taire. Il n'est pas facile à vivre, le pays. J'enrage in petto. Si j'étais délié, je voudrais drôlement faire des taches sur son costar OMO.

— Il restera attaché ! décrète Stevens. Ce damné flic n'est fréquentable que lorsqu'il est déguisé en momie !

— Vous me flattez beaucoup, assuré-je, très Régence.

Stevens hausse les épaules.

— Commissaire, murmure-t-il, l'instant est venu d'avoir une conversation sérieuse.

Boum, servez chaud ! La minute de vérité est arrivée. Je ne sais pas ce que ces braves gens attendent de moi, mais je sais que je ne pourrai pas le leur donner tant qu'ils emploieront la manière forte. Voilà des gnons en perspective ! Si j'avais eu pour vingt-cinq centimes de jugeote, mes amis, je me serais fait marchand de rameaux, comme ça j'aurais eu trois cent soixante-quatre jours de vacances par an !

— Ne me faites pas languir, dis-je, je vous écoute. Surtout ne vous approchez pas trop près de mon oreille : elle est tellement béante que vous choperiez le vertige.

— Nous avons en notre possession les plans d'une arme secrète à laquelle votre gouvernement tient sûrement beaucoup !

— Je sais.

Il sourcille.

— Oh ! je vois que Lormont vous l'a déjà dit !

— Il me l'a balbutié, oui. Entre nous et le marchand de boules de naphtaline du coin, vous l'avez salement bousculé, ce pauvre biquet !

Il rit jaune.

— Un proverbe dit qu'on ne fait pas d'omelettes sans casser des œufs !

— Dites, coupé-je, à propos d'omelette... J'ai l'estomac en forme de 8.

— Revenons à nos moutons !

— C'est ça. Vous m'en mettrez trois côtelettes, sur un lit de haricots de préférence. Vous disiez donc, chère ignoble fripouille ?

Il tique, son soulier remue. Il a grande envie de me le propager dans la région faciale, pourtant il s'abstient.

— Je disais que nous avons les plans de

cette arme secrète. Plusieurs nations étrangères nous les paieraient très cher, vous vous en doutez !

— Un peu.

— Seulement, poursuit Stevens sans rire, nous sommes de grands patriotes, monsieur le commissaire, et nous préférons les revendre à la France.

Je ne bronche pas.

— Vous m'avez entendu ?

— Très bien. Qu'est-ce que vous espérez ? Que je vais vous chanter *la Marseillaise* ou vous décorer de la Légion d'honneur ?

Il fait la moue.

— Ce que j'espère est beaucoup plus raisonnable et beaucoup plus discret, commissaire.

— Ce ne serait pas un petit tas de billets de banque ?

— Exactement.

— Combien ? demandé-je, comme si j'avais la possibilité de signer un chèque.

— Les comptes ronds sont ceux qui circulent le mieux, plaisante Eva.

Elle étend la main et me caresse la joue.

— Nous voulons un million de dollars, mon cher ami.

— C'est pas un nombre, c'est un roulement à billes !

— Et il nous le faut dans les trois jours, sinon nous traitons ailleurs.

Je fais une petite grimace, style publicité pour le célèbre laxatif « Bédolart ».

— Et pourquoi me racontez-vous ça à moi, mes amours ? Pour soulager vos petites consciences dont les amortisseurs doivent être K.O. ?

— Une idée d'Eva, fait Stevens, elle va vous l'exposer.

— Eh bien, fait la belle enfant, voyez-vous, San-Antonio, j'ai pensé que vous étiez le messager idéal pour négocier cette affaire... heu... délicate !

J'en suis comme douze mille ronds de flanc rangés par paquets de six dans le tiroir de votre cravate du dimanche.

— Siouplaît, baronne ?

— Le gouvernement français ne peut qu'accorder toute l'audience et tout le crédit souhaitables à l'un de ses plus prestigieux serviteurs. Vous avez vu Lormont ici, vous savez donc que nous ne bluffons pas. Vous savez en outre que nous sommes hors d'atteinte, puisque nous trouvant en territoire étranger. Vous avez pu constater en outre combien notre organisation était forte. Bref, allez dire tout cela en haut lieu et réclamez pour nous le million de dollars en question.

— Petit détail au passage, souligne Stevens, nous voulons vraiment des dollars, en coupures de dix au maximum.

— Contre cette rançon, nous vous

remettrons les plans, commissaire, continue la belle Eva. Et nous vous offririons à titre de prime : Lormont, votre gros inspecteur et même ce pauvre truand de Belloise si sa peau vous intéresse. Correct, non ?

— C'est un lot, c'est une affaire ! m'exclamé-je.

Et je continue, parodiant un camelot :

— A tout acheteur de l'arme atomique, je donnerai : son constructeur qui fait un, un flic obèse qui fait deux, un voyou au grand cœur qui fait trois. Et afin de vous faire réaliser la bonne affaire du siècle, j'ajouterai le joli stylo que voici. Corps galalithe, remplissage automatique, plume or dix-huit carats ?

« Vous êtes tellement marrants tous les deux que quand je vous regarde j'ai envie de suivre le premier enterrement venu pour pouvoir rattraper mon sérieux ! »

Stevens se lime un ongle et dit sans me regarder :

— Votre tempérament fougueux vous égare, commissaire. N'oubliez pas que si vous refusez ce marché, nous traitons ailleurs : nous n'avons que l'embarras du choix et déjà, des contacts sont pris autre part. Si les transactions avec la France n'aboutissaient pas, nous devrions nous débarrasser de vos petits amis, de Lormont et... de vous-même !

— Ce serait infiniment dommage, soupiré-je, je connais au moins cent quarante-six ravissantes personnes qui ne s'en remettraient pas.

Je réfléchis comme le premier miroir venu. La vie est poilante, vous ne pensez pas ?

San-Antonio, représentant en documents volés ! San-Antonio — votre beau San-A., mes chéries — voyageur de commerce pour le compte d'un réseau d'espionnage, c'est nouveau, non ?

— Rien ne vous force d'accepter, reprend Stevens d'un ton badin. Si vous dites non, nos hommes auront vite fait de creuser un trou susceptible de recevoir vos quatre carcasses.

Je me convoque d'extrême urgence pour une conférence de presse. Que doit faire un commissaire des Services spéciaux en pareil cas ? Se draper dans sa dignité et attendre qu'on lui décalotte le pariétal avec une praline coulée à la Manufacture française de Saint-Etienne ; ou au contraire accepter la mission et voir venir ? Sans aucun doute, c'est la seconde solution qui se doit de l'emporter, n'est-il point vrai, doux amis ?

— Alors, réponse ? demande brusquement Stevens.

— Yes, monsieur. J'accepte.

Eva et lui se regardent.

— Mais donnez-moi un petit quelque

chose à tortorer, supplié-je, je me sens en pleine saponification.

— Je vais vous faire apporter un sandwich, décide Eva. Au bœuf, ça vous va ?

— Ça me va comme une feuille de vigne à Adam, tendre amie. Il serait à la girafe enrhumée ou au flamant rose que je le trouverais délicieux. Alors, comment allons-nous procéder ?

— Je vous reconduis en France avec l'avion. Nous atterrirons sur un terrain privé. On vous bandera les yeux et une voiture vous conduira jusqu'à Paris. Vous verrez vos supérieurs et vous leur montrerez une photocopie des documents afin de leur prouver que nous les avons bel et bien en notre possession.

— Et ensuite ?

— Ensuite vous attendrez qu'ils vous remettent un million de dollars.

— Que ferai-je alors de cet argent de poche ?

— Vous le mettrez dans une valise rouge.

— Pourquoi rouge, vous êtes né sous le signe du Taureau.

— Trêve de balivernes, commissaire. Nanti de cette valise, vous prendrez un bus pour Nice.

— Un bus pour Nice ! Vous savez qu'il y a des services d'avions réguliers et que...

— Faites ce qu'on vous dit ! Comme on vous le dit ! Et songez qu'au moindre coup d'arnaque les plans seront à tout jamais perdus pour la France et que vos amis auront droit à des funérailles express, compris ?

— Compris !

CHAPITRE XIII

Vous pensez peut-être qu'après cette mystérieuse disparition, en me revoyant, le Vieux va me prendre dans ses bras en sanglotant et m'embrasser sur la bouche ? Eh bien, vous vous trompez rudement, les potes !

— Ah, vous voilà, vous ! D'où venez-vous ?

Exactement comme on accueille un employé en retard.

— De l'enfer, patron, réponds-je calmement, et le plus moche, c'est que je dois y retourner !

Je m'assieds sans y être convié et, patiemment, en triant mes mots comme une ménagère consciencieuse trie ses lentilles pour que son bonhomme ne se disloque pas le damier en dégustant sa saucisse de Toulouse, je lui fais un résumé scrupuleux des événements. Il m'écoute en pâlissant et en caressant sa coupole. Quand j'en ai terminé, il se fait un silence impressionnant.

Puis le Tondu décroche le bigophone et appelle le ministère de la Guerre (in english War department).

— Je suis anéanti, murmure-t-il, tandis que le standard lui tripatouille le cadran. Cette fois, San-Antonio, nous sautons, vous et moi.

Il obtient enfin sa communication et la discussion s'engage avec les services intéressés. Le Vieux me regarde et me lance en obstruant l'émetteur :

— Ils sont formels : aucun des deux jeux de plans n'a été volé !

— Et ça, fais-je en jetant la photocopie que m'a remise Stevens, c'est du poulet ?

En d'autres circonstances, ce parler déboutonné défriserait le Chauve, mais je pourrais le traiter d'enviandé de frais qu'il n'y prendrait même pas garde.

— J'arrive tout de suite ! fait-il à son interlocuteur.

Il raccroche, ramasse les plans et se dresse.

— Rendez-vous ici dans deux heures, San-Antonio. Je vais essayer de tirer la chose au clair.

— J'espère que le clerc appréciera, ricané-je en m'évacuant.

*
**

Deux plombes, ça me laisse le temps d'aller rassurer ma Félicie. C'est fête au village quand elle m'aperçoit. Je lui dis que je suis en mission sur un coup tout ce qu'il y a de peinard et je repars après avoir changé de linge.

Le Vioque a réintégré son burlingue. Il y tourne en rond comme un plantigrade dans sa cage ; on a envie de lui lancer des cacahuètes.

— Alors, monsieur le directeur ? risqué-je.

Accablé, il soupire :

— Les plans n'ont pas été dérobés, mais on les a photographiés, ce qui revient au même. Nos bandits ont agi de la sorte afin que l'alerte ne soit pas donnée tout de suite. Ça leur a permis une grande liberté de manœuvre !

— Et qu'a-t-on décidé en haut lieu ?

— De ne pas débloquer la rançon, tranche le Vioque.

J'ai une pensée vibrante pour le pauvre Béru, emmailloté dans ses fils de fer barbelés à des milliers de bornes d'ici.

— Et pourquoi ?

— Il est clair que ces gens vont essayer de faire coup double, murmure le boss. Un cliché photographique fournit autant d'exemplaires qu'on le souhaite. Vous pensez bien qu'ils sont déjà en train de négocier avec d'autres ! J'ai bien peur que tout ne soit perdu, y compris l'honneur, San-Antonio.

Je donne un coup de poing sur son burlingue ministre.

— Pas encore, patron !

Il relève son pauvre front plissé comme un bandonéon.

— Je ne m'avoue pas vaincu aussi facilement, dis-je.

— Que pouvez-vous tenter ?

— Je vais jouer le jeu. Essayer de retourner là-bas et écraser ce repaire d'espions comme on écrase un nid de serpents !

— Des mots ! N'oubliez pas qu'ils se trouvent en territoire étranger et que vous ne savez même pas où se trouve ledit territoire.

— Je le retrouverai.

— Je ne puis rien pour vous.

— Si ! Vous pouvez me laisser carte blanche !

— Au point où nous en sommes !

— Très bien. Je file, patron. Si vous me revoyez dans ce bureau c'est que j'aurai réussi. Autrement vous recevrez ma démission... ou un faire-part !

Et je sors.

Mon bureau a déjà un petit air d'abandon.

Va-t-il falloir dire adieu à cette pièce où flotte l'odeur de mes succès (plus celle, terriblement tenace, des pieds béruréens) ? Que non point ! Ceux qui vivent, ce sont ceux qui luttent, a dit Victor Hugo (qui écrivait avec une plume baïonnette).

Comme je finis de préparer une valise de ma façon, la porte s'ouvre sur Pinaud. Le Lamentable se livre à un exercice extrêmement périlleux : il joue au bilboquet.

Dans son beau complet marron à rayures vertes et blanches, il ressemble à un sorbet italien. Il a une chemise rose-cucul-la-praline, une cravate verte, des chaussettes rouges et des souliers beurre rance. Un reliquat de sauce tomate donne de l'éclat à ses bacchantes mitées.

— Tiens, bonjour, bavoche le Réintégré, y a longtemps qu'on ne t'avait pas vu, Béru n'est pas avec toi ? Je viens de découvrir une boîte où le beaujolais est d'origine.

Il lance la boule, la rate, la relance, la rate encore.

— T'as fini ta culture physique, hé, Henri III ! tonné-je.

— C'est bon pour la concentration d'esprit, explique le Dévitaminé. J'ai lu ça dans une revue.

Et il recommence. Agacé, je prends la paire de ciseaux plantée dans la gaine de mon sous-main de cuir et je coupe la corde reliant la boule du bilboquet à son manche. Pinuche proteste contre cette détérioration de matériel, mais je lui dis de se taire et, comme c'est un bon Chpountz, il met ses vitupérations au vestiaire.

— Je ne comprends pas, fais-je à bon escient, que tu aies le cœur à jouer au bilboquet alors que notre cher Bérurier est en train de périr à des milliers de kilomètres d'ici.

— Que me dis-tu là ! s'étrangle le Débris.

Je lui résume la situation et il branle un chef navré.

— Il faut tenter quelque chose, San-A.

— Telle est bien mon intention, esclave !

— Que vas-tu faire ?

— Remplir une valise truquée avec les faux dollars dénichés dans l'affaire Mayermann et prendre un bus pour Nice, ainsi qu'il me l'a été recommandé.

— Et ensuite ?

— Ensuite ? C'est le point d'interrogation dans toutes ses volutes, le mystère dans toute son angoisse.

— Je pars avec toi ! décide Pinuche.

Je le regarde. Il a les yeux qui pétillent, le bon Samaritain (il s'habille à la Samaritaine). Il frémit ! Il…

— Savoir si le Vieux sera d'accord, soupiré-je.

— S'il ne l'est pas, je lui donnerai ma démission !

— Tu l'as déjà donnée une fois et on

vient à peine de te réintégrer, Pinuche. Fais mettre des boutons pression à ton contrat avec la poule !

Il secoue la tête.

— La poule sans Béru et sans toi, ce serait plus la poule. C'est le côté grande famille de la chose qui me botte ; vous absents, j'aurais l'impression d'être dans un orphelinat.

Brave Pinuche ! Il a droit à toute notre estime, à la retraite des cadres et au salut éternel ! Je décroche le biniou intérieur et je sonne le Vioque.

— Qu'est-ce qu'il y a encore ? m'aboie-t-il.

— Je voudrais vous demander la permission d'emmener Pinaud, monsieur le directeur.

— Emmenez le pape si ça peut vous faire plaisir ! répond le Tondu en raccrochant.

Je ne suis vraiment pas dans les papelards. Je m'imagine un instant, escorté de Sa Sainteté Paul VI dans le bus de Nice. Vaut mieux emmener Pinuche.

— C'est réglé, fais-je. Tu prendras le car séparément, en feignant de ne pas me connaître. Tu te placeras au fond du véhicule et tu surveilleras attentivement les faits et gestes de chacun, O.K. ?

— Parfaitement, compte sur moi.

— Et surtout ne t'endors pas ; en général

tu pionces dès que tu es en voiture ou en train.

— Je m'endors lorsque je n'ai rien de mieux à faire, San-A., je te prie de l'admettre.

— Bon. Charge-toi, les nuits sont fraîches et nous risquons des coups durs.

Il va au tiroir de son bureau et en sort un parabellum long comme un os de gigot.

Il se le cloque dans le falzar et, illico, se met à faire, vu le poids de l'instrument, une déviation de la colonne vertébrale.

Juste au moment où nous allons partir, Meunier, un technicien du labo, passe dans le couloir, tout joyce.

— Salut, m'sieur le commissaire. Ça carbure ?

— A plein régime, assuré-je, partant du principe que l'optimisme est toujours payant.

Il s'arrête et me dit en brandissant un carton qu'il tenait sous le bras :

— Si vous avez deux minutes, je vais vous montrer un truc sensas dont on va peut-être équiper vos services.

— Je n'ai pas deux minutes, Meunier.

— Ce sera pour une autre fois. C'est une combine de radio individuelle. Des micro-pestes...

Je crois que c'est mon subconscient qui prend l'initiative de répondre :

— Montre un peu !

Ravi, Meunier déballe son carton. Dedans il y a deux paires de lunettes de soleil et deux stylos.

— Faut le voir pour y croire, hein ? exulte-t-il.

— Explique.

— Vous mettez un stylo dans la poche de votre veston, comme ceci : c'est le micro. Puis vous placez les lunettes sur votre nez, comme ça : ce sont les écouteurs...

— Ensuite ?

— Ensuite une autre personne fait de même. Chacune d'elles a cette petite pile dans sa poche ; vous comprenez. L'équipement invisible leur permet de correspondre jusqu'à une distance de cinq cents mètres. Vous allez voir.

Il me pose les lunettes sur le naze, me glisse la pile dans ma poche et s'éloigne.

— Vous m'entendez ? murmure-t-il lorsqu'il a disparu.

— Très bien. C'est formidable.

— Pas la peine de parler haut, commissaire. Un chuchotement suffit...

On échange quelques mots sous l'œil intéressé de Pinaud. Meunier revient.

— Vous vous rendez compte, m'sieur le commissaire, de l'utilité de cet appareil pour les filatures à plusieurs, par exemple ? Dans la foule, dans un grand magasin, dans...

— Dans un car, terminé-je. Oui, tu as

raison, c'est concluant. Tellement concluant même que je te l'emprunte.

Meunier pâlit.

— Hé ! pas de blague, c'est l'échantillon, il appartient au fabricant.

— Je m'en moque, c'est le genre d'outil qu'il me faut. Aboule.

— Je m'excuse, m'sieur le commissaire, mais c'est tout à fait impossible !

— Donne et en vitesse. Je te couvre.

Il me remet en maugréant les appareils. Il se maudit in petto (et les malédictions en latin sont les plus douloureuses).

— Ecoutez, vraiment ça ne se fait pas.

— Eh bien, ça se sera fait.

— Signez-moi une décharge au moins, sinon je déguste !

Au point où j'en suis, je peux lui signer tout ce qu'il voudra.

Je pars, nanti de cette miraculeuse invention.

— T'as pigé ? fais-je à Pinuchet. Nous allons pouvoir rester en étroit contact dans ce car. Il va te permettre de me signaler tous les incidents de parcours sans attirer l'attention. Tiens : prends ton équipement et séparons-nous. A partir de tout de suite, nous ne nous connaissons plus !

***

Sans être pris d'assaut, le car pour Nice est à peu près plein. Moi, vous me connaissez ? Tant qu'à faire de me farcir un voyage aussi longuet, je préfère le faire aux côtés d'une personne du beau sexe. Elles sont plutôt rares dans ce car. Pourtant j'avise une petite môme gentillette modestement vêtue d'un manteau à col de fourrure de clapier. Elle a une frimousse agréable, des hémisphères bien dessinés et des yeux rieurs. Si le Père Noël n'était pas si vieux jeu, il mettrait un petit sujet commak dans les souliers de tous les collégiens boutonneux le matin du 25 décembre.

— Vous permettez, mademoiselle ? je susurre de ma voix langoureuse 64 bis, celle qui me sert dans les cas de puberté prolongée.

Je dépose ma valise dans le filet et mon séant sur la banquette de la gosse.

Elle me regarde avec un intérêt très justifié.

— Alors, c'est la grande vie, vous partez sur la Côte comme une grande ? je gazouille.

Elle me file un petit sourire apeuré.

— Je vais chez une compagne de classe, murmure-t-elle.

Je jette un coup de périscope à l'extérieur pour m'assurer qu'aucune douairière n'est venue mettre cette douce adolescente au car. Mais non : pas la moindre dame à moustaches à l'horizon.

— Si la compagne de classe est aussi jolie que vous, donnez-moi son adresse, ça peut servir !

Elle glousse comme une adorable petite dinde qu'elle est.

— Dites-moi, fais-je en croisant les jambes, ça vous est arrivé comment ?

— Quoi donc ? s'étonne la jouvencelle de l'abbesse Houri.

— Votre beauté ? Madame votre mère a passé ses vacances en Grèce ou bien avez-vous pour marraine la fée Angélique ?

A ce moment-là, j'ai senti un petit grésillement dans les trompes d'Eustache et la voix fragile de Pinuche a retenti :

— Ça y est ! Tu as déjà trouvé l'âme sœur, San-A. !

— Et alors, soufflé-je, ça te chiffonne, dis, reliquat d'humanité ?

Je suis bien aise d'expérimenter mon appareil « en situation » si je puis dire. C'est vraiment de l'invention de grande classe.

— Tu vas te faire piquer pour détournement de mineure ! reprend Pinuchet.

— C'est quand je suis avec toi que je prends des risques puisque tu es dans l'enfance ! Rien à signaler de suspect ?

— Rien, tout est en ordre.

— Alors, moule-toi avec tes salades avariées ; je reçois ton asthme à bout portant dans les oreilles.

Il grommelle un truc dans le genre de « Va te faire voir », et, effectivement, je me fais voir de ma compagne.

Je crois que c'est Giraudoux qui a écrit que les deux plus belles choses in the world c'étaient les jeunes filles et la province. Croyez-moi : ce monsieur n'avait pas les bandes dessinées d'A tout Cœur à la place du cerveau. Dans ce bus, je peux mesurer le bien-fondé de ces paroles. J'ai une petite fille à ma gauche et la province à ma droite. Je suis paré !

— Alors, mon chou, ça vous plaît, les voyages ? demandé-je à ma compagne de banquette.

— Terriblement.

— Etes-vous contre les échanges standard ?

— Comment ça ?

— Si vous étiez pour, je vous échangerais votre prénom contre le mien.

— Je m'appelle Huguette !

— Ravissant. Ça me fait penser à Muguet. Vous savez que vous ressemblez à un brin de muguet ?

— Et toi tu ressembles à une botte d'asperges ? ricane Pinaud.

C'est la vraie pommade, au fond, ce micro. Quand on vend des roucoulades de pigeon à une nana, on n'aime pas le faire au micro de la B.B.C., non ?

— Et vous, fait-elle, votre prénom ?

— Antoine.

Elle se marre.

— Je l'aurais pas cru. Quand j'étais petite j'avais une tirelire qui représentait un cochon et on l'appelait Antoine.

Charmant, vous ne trouvez pas ! Ça vous met un Casanova à l'aise. Là-bas, au fond du véhicule, le Délabré se marre comme douze tartes entamées.

Moi qui redoutais qu'il ne s'endorme ! Je le souhaiterais presque maintenant !

— Quel âge avez-vous, joli petit cœur ?

— Dix-huit ans.

— Et que faites-vous dans la vie en attendant d'en avoir dix-neuf ?

— Rien !

— Mon rêve ! assuré-je. A l'école, mes profs affirmaient que j'avais des aptitudes pour ça, et puis le destin en a décidé autrement.

— Que faites-vous comme travail ?

— Représentant.

— Et qu'est-ce que vous représentez ?

— Le Français type, ma jolie.

Elle rigole et demande :

— Offrez-moi une cigarette !

— A votre âge ! sermonné-je. Vous allez avoir des poumons comme le tender d'une locomotive !

Je vous parie des bretelles à escargot contre un trou dans un ticket de métro qu'elle se prend pour Elisabeth Taylor, cette souris. C'est la première fois qu'elle voyage seule et qu'un adulte beau comme Apollon (1) la baratine. Ça lui grimpe au cigare, fatalement. Je lui joue la scène des cigarettes à la Gary Grant. J'en allume deux et je lui en tends une.

— Vous allez connaître mes pensées, dis-je.

Et elle, du tac au tac, de répondre :

— Rassurez-vous ; je ne vous giflerai pas !

Comment qu'on les fait, les pucelles, cette année !

— Qu'allez-vous imaginer ! m'indigné-je. J'ai des pensées tellement respectables qu'on va les imprimer dans les manuels scolaires pour remplacer celles de Pascal qui commencent à dater un peu !

Elle rit puis, brusquement, me demande :

— Pourquoi portez-vous des lunettes de soleil en plein hiver ; vous souffrez des yeux ?

— Non, mon chou, mais ça me tient chaud.

Sa jambe frôle la mienne. Une petite dévergondée, dans son genre ! Je lui fais à la sournoise le coup de la main baladeuse et je règle les culbuteurs de sa jarretelle qui commençaient à vibrer.

(1) Je suis le seul à avoir constaté la ressemblance.

Rien de tel que la jarretelle d'une fille pour occuper un gars de mon espèce. A Fontainebleau, je lui joue la scène des adieux, avec patin-fignolé-grande-gourmande, poignée de main au grognard et tout. A Sens (la magie du nom me poussant) je lui fais ma livraison de Veuve Clito avec vulve sur l'Yonne. Bref, lorsque nous atteignons Auxerre, Huguette et le gars moi-même sommes au mieux.

— Trente minutes d'arrêt, buffet ! annonce le chauffeur en remisant son bolide devant un restaurant de routiers.

— Je vous offre un drink, beautiful ! proposé-je.

— D'accord !

Nous nous levons avec les autres voyageurs.

— Prends ta valise ! intime Pinaud. Un type qui est censé coltiner des centaines de milliers de dollars ne les abandonne pas dans un filet à bagages.

Il parle d'or, le Détritus, hein ?

Je chope ma valise. La gosse s'en étonne.

— Comment ! Vous prenez votre valise ?

— Toujours, entre les repas, ma douceur.

— Quelle idée, il y a de l'or dedans ?

— Mieux que ça : il y a de l'argent ! Je suis représentant en coupures de dix dollars. Je les vends vingt dollars les deux, c'est une affaire, vous avouerez !

Nous débarquons dans le restaurant. C'est un coin gentillet. Des cuivres bien fourbis aux murs, des meubles rustiques, des rideaux bonne femme aux fenêtres et un patron gras du bide qui engueule tout le monde pour faire croire qu'il a de l'autorité, vous mordez ?

— Tenez, chérie, posez donc sur cette banquette ce qui accroche tant le regard des hommes et qui leur colle des fourmis dans les doigts !

Elle s'assied, frôleuse, contre ma hanche préférée.

— Que buvez-vous : un café ou deux œufs durs ?

— Du thé ! Et je prendrais bien un petit sandwich.

— Exactement comme moi. Vous le voulez à quoi, votre sandwich ? A la jambe de porc ou au sergent de ville ?

— A la tomate.

— Je vais vous commander ça directo aux cuisines ; ils m'ont l'air débordés dans cette boîte.

En fait, je voudrais m'isoler afin d'avoir une vraie conversation avec Pinuche. Je cramponne ma valtouze et je m'esbigne.

CHAPITRE XIV

Je passe la commande et vais un instant aux toilettes afin de pouvoir interpeller Pinuchet à ma guise.

— Tu m'écoutes, vieux croûton ! appelé-je.

Silence.

— Ho ! Pinuche, c'est Saint-Michel qui te cause !

— Hmm ! Quoi ! Gnouf ! Heummff, émet le vénérable débris.

— Tu dormais !

— C'est-à-dire que, heu, oui je... Non, je somnolais un peu en attendant ton retour.

— Ecoute, esclave, j'ai bien réfléchi. Cette valoche, on va certainement essayer de me la rafler en cours de voyage...

— Tu crois ?

— Je le crois. Ils ont dû mijoter une combine quelconque car ils ont envisagé l'hypothèse d'une surveillance dans le genre de la tienne.

— Oui, c'est probable.

— Tu vas téléphoner au Vieux. Tu lui diras qu'il se débrouille pour nous faire suivre discrètement, à partir d'Auxerre, par une bagnole de poulets. Mais attention : suivre de loin, de très loin, pour ne pas donner l'éveil à nos lascars.

— Je l'appelle tout de suite, San-A.

— Va donner ton coup de fil dans le restaurant d'à côté par mesure de sécurité et essaie de ne pas bramer comme un âne au téléphone.

— Non, mais dis donc, je...

Puis il se tait. J'ai un coup d'inquiétude, car je me demande si nos émetteurs ne sont pas tombés en rideau.

— Hé ! La Pinoche ! Tu es là ?

— Mince alors, bouge pas, bavoche la Loque.

— Qu'est-ce qu'il y a ?

— La môme avec qui tu es...

— Eh bien ?

— Elle vient de verser quelque chose dans ton thé.

— Qu'appelles-tu quelque chose ?

— Une espèce de poudre blanche qu'elle a fait couler d'un sachet. Elle l'a mise dans le sien, comme s'il s'agissait d'un médicament qu'elle allait prendre, puis elle a changé discrètement les deux tasses.

J'ai l'âme en fiesta.

— Bon boulot, vieillard chenu,

approuvé-je, tu as ouvert tes jolis yeux chassieux aussi grands que si tu regardais par la serrure de Lollo Brigida pendant qu'elle essaie des soutiens-lollo, et nous sommes sur une chaude piste ! Bravo ! Maintenant va bigophoner et remue-toi !

Je réapparais, avec le visage radieux d'un monsieur qui avait une forte envie de faire pipi et qui ne l'a plus.

La môme Huguette est toujours assise sagement devant sa nappe à petits carreaux bonne femme. Vous la verriez, vous lui colleriez le bon Dieu sans confession.

On dirait une petite pensionnaire des Oiseaux en vacances. Si le Révérend Pinaud n'était pas le poulardin le plus consciencieux de la planète Terre et de ses environs, je croirais, à voir cette môme, qu'il m'a monté un barlu. Seulement, Pinovskaya est le limier impec. Quand il dit quelque chose, on peut marcher les yeux fermés.

— Excusez-moi, jolie frimousse, fais-je en m'abattant à ses côtés.

Je lui pétris la dextre amoureusement.

— Vous ne pouvez pas savoir ce que cette rencontre me fait chaud au cœur. Je traversais une période d'abattement. La courbe de mon moral était dépressive et votre tendre minois est une sorte d'espèce de soleil qui vient réchauffer la froidure de mon âme.

Je reprends souffle après cette tirade que l'administrateur du Français voulait m'acheter à prix d'or pas plus tard que le mois dernier.

— Moi aussi, je suis contente de voyager avec vous, certifie cette gamine qui doit avoir son certificat d'études.

Je cherche à détourner son attention afin de vider ma tasse de thé dans la plante verte posée à côté de moi sur une console Charles XI à grandes jambes. C'est pas très fastoche.

— Vous avez vu la cafetière du serveur ! fais-je. Pas celle qu'il tient à la main, celle qu'il trimbale sur ses épaules ; à qui vous fait-elle penser ?

La môme regarde et murmure :

— Je ne sais pas.

— Observez-le bien !

Et pendant qu'elle se détourne, vlouff, je vide ma tasse sur la terre humide du philodendron.

— Franchement, je ne vois pas, assure-t-elle en se tournant vers moi.

— A Mauriac, assuré-je, en moins comique, mais en plus spirituel, non ?

Et je fais mine d'achever ma tasse.

— Vous ne trouvez pas que ce thé a un drôle de goût ? je grogne.

Miss Thé et Sympathie boit le sien.

— Le fait est qu'il n'est pas très fameux ! admet la charmante enfant.

Vous avouerez, que, dans ce circus, les grognaces sont toutes très belles et toutes très garces. On dirait qu'elles mènent le jeu, ces mignonnettes.

Je perçois un léger ronflement. C'est le philodendron qui vient de s'endormir. Pour la véracité de la scène, je feins de réprimer un bâillement.

— Je crois que le marchand de sable m'en a collé une pleine brouette dans les mirettes, balbutié-je.

Le conducteur du bus la ramène et annonce le prochain départ. Je me caille un peu le raisin pour Pinuche, mais j'ai la satisfaction de l'apercevoir dans le car, déjà réinstallé. L'œil atone, la moustache pendante, il ressemble à un vieux rat empaillé.

Maintenant il fait noye. Le ronron du car est soporifique.

— Je sens que je vais piquer un petit somme, lapin bleu, dis-je, vous m'excusez ?

— Je vais en faire autant, assure la môme Huguette.

— O.K. Si vous apercevez, sommeil faisant, un rêve à deux places, faites-moi signe.

Là-dessus, je prends une pose commode et je susurre à Pinaud :

— T'as affranchi le Dabe ?

— Oui. Il fait le nécessaire.

— Banco. Tu ouvres l'œil ; moi je suis

obligé de chiquer à la Belle au bois dormant. Je suppose que s'ils ont voulu m'envaper c'est parce qu'ils préparent un coup pour dans peu de temps.

— Fais confiance, San-A.

Je suis obligé de lutter contre le sommeil. C'est psychique. Le car roule dans la nuit. Une petite flotte visqueuse ruisselle sur les vitres et les pneus font sur l'asphalte mouillé un bruit de succion. Que va-t-il se produire ? Qu'est-ce que cette bande — combien organisée — a pu projeter ? Je pense à mon pauvre Béru, tout là-bas, dans ses barbelés, à Lormont, à Belloise. Jamais comme à cet instant je n'ai eu autant envie de les délivrer. Pourrai-je y parvenir ?

Grésillement. La voix chuchoteuse de Pinuchinovitch :

— Attention !... Un type vient de se lever, juste derrière toi. Ne bouge pas...

Un temps. Un sourd entendrait battre mon cœur à travers trois épaisseurs de matelas.

— Ne t'agite pas, surtout, reprend le Pinuchard attentif, le bonhomme t'observe. Il prend ta valise dans le filet. Elle se trouve tout contre la sienne. Il vient de se rasseoir, je ne vois plus ce qu'il fabrique...

Le car roule dans la lumière orangée de ses phares. On entend le cri sauvage des voitures que nous croisons et qui foncent dans la campagne mouillée.

— Eh ben, qu'est-ce qui se passe ? soufflé-je.

— Attends, il se relève, il saisit sa valise... Il enlève la housse. Mince : elle est rouge ! Il la pousse au-dessus de ta tête. Il se rassied... C'est fini. Tu as compris ? Il a ta valise de dollars maintenant. Et il met sa housse sur la tienne. Voilà le travail ! Ça s'est fait en douceur. Joli travail. Personne ne s'est aperçu de rien.

Nous roulons encore un moment. Tout est calme à bord. Je gamberge sur le 220 volts. Voyons, ces malfrats espèrent-ils opérer aussi gentiment ? Un peu de somnifère dans mon thé, un échange de valises et puis bonsoir ? Un peu simpliste comme procédé.

J'en suis là de mes cogitations lorsque le chauffeur de notre car freine à mort en poussant un juron. Tout le monde se met à glapir dans le véhicule. Deux secondes et demie s'écoulent et c'est le choc. A travers mes stores entrouverts j'aperçois un gros camion citerne en travers de la route. On l'a percuté. Pas très très fort, mais suffisamment pour contusionner les carrosseries de part et d'autre. Le conducteur, étourdi, saigne du naze sur son volant. C'est l'affolement. Panique à bord ! Les gens se ruent hors du bus et invectivent le chauffeur du citernier, lequel débouchait imprudemment d'une petite route agaçante.

— Ouvre l'œil ! dis-je à Pinaud. Il se peut très bien que ce soit un accident-bidon pour stopper le car.

— J'allais te le dire, balbutie le Déchet, notre gars vient de reprendre la valise au fric. Il sort du bus.

— Suis-le, mine de rien, et dis-moi ce qu'il fait !

Pinaud obtempère. Dehors les conducteurs se psychanalysent à tout va :

— Et alors, espèce de manche, t'as appris à conduire sur un tracteur, ou quoi !

— Ben quoi, t'étais pas en phares !

— Ah ! parce qu'il te faut des loupiotes de D.C.A. pour que tu respectes la priorité !

Etc., etc.

La chère Huguette, qui n'avait pas bronché jusqu'à présent, quitte discrètement son siège. Il ne reste plus qu'une vieille rombière enrhumée, une petite fille endormie et moi à l'intérieur du véhicule.

— Et alors, l'Amorti, quoi de neuf ?

— Des voitures s'arrêtent à cause de l'accident, dans les deux sens. Le type à la valise s'éloigne en loucedé.

— Et la petite péteuse ?

— Elle le regarde s'éloigner tout en te surveillant à travers la vitre !

— Continue à bien mater, c'est maintenant qu'on joue le Concerto de Varsovie pour flûtes et mirlitons à moustaches,

Pinuche. Les poulets qui devaient nous suivre de loin, tu les aperçois ?

— Ecoute, il y a maintenant toute une file de voitures, et tous les conducteurs en descendent, alors...

— Continue de filer le mec à la valoche.

Brouhaha. Klaxons. Interjections. Je continue d'être aux aguets. Votre San-Antonio, mes louloutes, c'est kif-kif une corde de violon ultra-tendue. Un courant d'air le fait vibrer. Comment goupiller cette opération ? Nous ne sommes que deux pour l'instant. Et nous avons affaire à des gens supérieurement organisés qui ont préparé minutieusement leur coup.

— San-A. ! fait la voix altérée de Pinuswky, le bonhomme vient de monter dans une voiture sport conduite par une ravissante blonde. Elle cherche à se dégager de la file pour filer en direction du Midi...

— Note son numéro, vite !

— C'est déjà fait.

— Maintenant, tâche de trouver les poulets qui nous collaient au prose. Il le faut.

J'entends la voix haletante de Pinaud qui se déplace précipitamment.

— Hep ! fait-il, messieurs... Vous êtes bien des policiers d'Auxerre, n'est-ce pas ?

— Qu'est-ce que ça peut vous f... ? répond une voix.

Pas d'erreur : il s'agit de nos bonshommes. D'ailleurs, Pinuche, qui a dû leur produire sa carte de poulaga confirme.

— Nos collègues sont là, San-A.

— Et la voiture sport ?

— Elle vient de filer.

— O.K. Emballez la gosse qui était avec moi, vite fait sur le gaz, j'arrive !

Je parviens dehors à l'instant précis où Pinaud et un gros sanguin cramponnent la chère Huguette par les ailerons.

— Mais que me voulez-vous ? s'indigne-t-elle, qu'est-ce que c'est que ces manières ?

Je m'approche et je lui déclare en la poussant dans la DS des flics :

— Fais pas de rebecca, Huguette, sinon je te flanque une telle fessée que tu risquerais de mourir centenaire sans avoir jamais pu te rasseoir !

— Mais je ne comprends pas, proteste-t-elle. Laissez-moi ou j'appelle au secours !

Des gens nous dévisagent, devinant qu'il se passe du louche. Je file une tarte sur le museau de la gamine et je demande aux deux poulets dépêchés par la Rousse d'Auxerre de mettre le grand développement.

— Il faut absolument que vous recolliez à la voiture sport, mes amis ! dis-je.

Ils ne demandent pas mieux que de tourner sous ma direction ce beau morcif de bravoure. Ils ont toujours rêvé de jouer un western en vistavision.

— Où vont tes petits copains, ma choute ? questionné-je ; tu aurais intérêt à nous le dire avant que je fasse un malheur.

— Je ne sais même pas de quoi vous parlez !

— N'essaye pas de me vendre des berlues ; on m'en a livré une caisse la semaine passée et je ne l'ai pas encore entamée !

— Mais je ne sais rien ; je ne comprends pas ce que vous me demandez ! Qu'est-ce que tout cela signifie ?

— Tu veux me faire avaler ton innocence comme tout à l'heure ton narcotique, poupée ?

Elle en reste comme deux ronds de frites.

— Quoi ?

Je lui désigne Pinaud. Elle le reconnaît vaguement et commence à piger qu'il y a eu, à cause de sa pomme, du sable dans l'huile à salades ! Pour l'achever, je lui mets mes lunettes truquées.

— Chuchote quelque chose à la jeune fille, Pinaud, manière de lui faire admettre son erreur.

— Vous êtes marron, murmure très bas le débris vivant.

Cette fois, miss Peste a pigé.

— J'ai été, grâce à cette remarquable invention, tenu au courant de vos moindres faits et gestes, ma gosse. L'échange des valises avec la housse et tout... Et ton complice qui se trouve maintenant dans la brouette de la chère Eva. Tu vois ?

Elle voit.

Mais elle s'enferme dans un mutisme absolu.

— Dis-moi tout de suite où ils vont. Tout de suite, entends-tu, sinon ça va saigner pour ta jolie peau !

Moi je pense à mes trois zigotos perdus dans ce coin d'Afrique.

Cette fois, je ne laisserai pas échapper l'occasion qui s'offre de coiffer la bande.

J'ouvre la portière de mon côté et je cramponne la môme Huguette par le bustier. Elle se débat, hurle, supplie, mais je reste aussi insensible qu'une motte de saindoux devant la mer de Glace. Elle a le buste à moitié sorti hors de l'auto. La tête en bas, les yeux à quarante centimètres de la route qui défile à cent quarante à l'heure !

— Tu vas parler, dis, petite garce ? Ou je te largue tout à fait !

Mes collègues d'Auxerre n'en reviennent pas. Ils se disent qu'à Pantruche les poulagas ont de drôles de méthodes.

L'Huguette, morte de frousse, hurle comme une truie qu'on égorge. Je la retire de sa fâcheuse position, mais sans relourder la portière.

— Dis-nous vite où ils vont, sinon tu y passes !

— A l'avion, bégaye-t-elle.

Ses cheveux décoiffés ressemblent à une tête-de-loup. Elle a le sang au visage et ses yeux sont rouges. Des larmes coulent sur ses joues, elle ne songe pas à les essuyer.

— Et où est-il, l'avion ?

— Dans un champ... C'est dans le Morvan. Je ne sais pas où exactement !

M'est avis que ça ne doit pas être loin d'ici, car sinon l'accident-bidon aurait eu lieu plus loin. Je pense que ces canailles ont pris un chemin de traverse, sinon nous les aurions recollés à l'allure où nous allons !

— Vous avez la radio à bord ? je demande aux poulardins.

— Oui, m'sieur le commissaire.

— Etablissez immédiatement un contact avec la base de Villacoublay.

Ces messieurs les grosses tronches s'activent. La petite Huguette hoquette. Elle est dans un état de prostration très avancé pour son âge.

— Vous l'avez, monsieur le commissaire !

— Thank you very much ! fais-je en me penchant par-dessus la banquette pour pouvoir jacter in the micro.

Je me fais connaître, je donne mon chiffre, et j'annonce à ces messieurs qu'un avion clandestin va s'envoler du Morvan d'un instant à l'autre. Il mettra probablement le cap sur l'Afrique. Ordre de l'intercepter coûte que coûte, par n'importe quel moyen et de le contraindre à atterrir sur l'aérodrome de Chalon-sur-Saône.

Les gars me disent que c'est O.K. Ils vont alerter les radars et des escadrilles de chasse. J'ai idée que ma brave Eva va avoir des émotions fortes d'ici pas longtemps et peut-être avant.

— Alors, monsieur le commissaire, on fait quoi t'est-ce ? s'informe le conducteur.

— On met le cap sur Chalon, dis-je. Inutile de rouler à tombeau ouvert, maintenant c'est aux aviateurs de jouer.

CHAPITRE XV

Une heure plus mieux tard, comme le dit Béru qui cause si bien français à ses heures, nous débouchons sur l'aéroport de Chalon. Il jouxte la Nationale. On a prévenu de notre arrivée et il y a des lumières à Giono.

Nous nous rangeons aux abords et nous matons l'immense champ. Aucun appareil n'est en vue. J'appelle Villacoublay.

— Rien de signalé, monsieur le commissaire ! fait la voix monstrueusement indifférente du radio.

— Cet avion serait-il passé entre les mailles du filet ?

— C'est possible s'il n'a pas pris le cap sud. Car les moyens de repérage se sont exercés avant tout sur une ligne Lyon-Bordeaux.

— Tenez-moi au courant, nous restons en liaison.

— Entendu !

Un moment s'écoule. Les gars de l'aérodrome viennent bavarder avec nous. On s'offre des cigarettes, on cause de la pluie et du mauvais temps... Et puis, tut tu tu tutu ! La radio retentit.

— Un avion clandestin est signalé au-dessus du territoire suisse. Il se dirige plein sud. Vitesse de croisière 300 kilomètres-heure.

Je deviens rouquinos comme une pivoine qui regarderait se déloquer un cardinal indien. Ces peaux de vache nous ont échappé. Ils ont pris toutes les précautions et, au lieu de piquer sur la Méditerranée, ont fait un crochet pour se mettre à l'abri des avions de reconnaissance français.

— L'aviation helvétique peut-elle prendre l'appareil en chasse ?

— Elle n'en aura pas le temps. Il se trouvera au-dessus de l'Italie.

— Alors l'aviation italienne !

— Les formalités seront peut-être trop longues. En tout état de cause, même si la reconnaissance italienne poursuivait l'avion pirate, elle ne pourrait le contraindre d'atterrir qu'en territoire italien !

Je bous.

— Dites, les gars. Ce coucou de mes deux fait du trois cents à l'heure, dites-vous. Si vous mettez un zinc faisant trois fois cette vitesse, nous l'aurons vite rattrapé, non ?

— Bien sûr.

— Drivez illico un « Mystère IV » sur

Chalon-sur-Sâone et demandez aux Italiens de suivre le vol de l'appareil en question.

Le mec est estomaqué.

— Je ne sais pas si vous vous rendez compte mais...

— Demandez confirmation de cet ordre à Paris et agissez, c'est d'une importance capitale. Capitale ! Vous m'entendez !

— Très bien : je transmets.

Le silence revient. Le père Pinuche qui vient tout juste de se réveiller demande :

— Tu as l'intention de courser l'avion au-dessus de la Méditerranée ?

— Exactement.

— Mais tu ne pourras pas le forcer à atterrir.

— Ne t'occupe pas du chapeau de la gamine, Vieillard. Laisse flotter les rubans sans t'inquiéter si la feuille se décolle.

De nouveau la radio.

— Ordre transmis, commissaire. Un avion part immédiatement de la base de Troyes et atterrira d'ici une quinzaine de minutes à Chalon.

— Merci.

Il ne reste plus qu'à poireauter.

— J'y vais aussi ? demande Pinuche.

— Of course, old boy.

— Tu sais que je crains un peu l'avion. Ça me barbouille !

— Tu te débarbouilleras à l'arrivée.

Je demande à mes collègues de l'Yonne

une paire de menottes et je passe les bracelets aux poignets graciles de la petite Huguette.

— Mettez-moi cette douce enfant en lieu sûr en attendant des instructions ultérieures. Surtout ne vous laissez pas attendrir par ses yeux de Joconde.

— On n'a pas l'habitude de se laisser attendrir, assure le gros poultock. C'est plutôt nous qu'on attendrirait les coriaces, pas vrai, Duraton ?

— Un peu, mon neveu, rétorque le chauffeur.

On se grille deux cigarettes chacun, et un grondement emplit le ciel. Un zinc impétueux décrit une courbe au-dessus du terrain et s'y pose superbement. Le Détritus et moi y courons.

Ils sont deux zigs à bord : le pilote et le radio. On ne perd pas son temps à se raconter la vie de son grand-père non plus qu'à se demander si le ramassage du bouton de jarretelle dans les cinémas est une industrie à expansion. Il reste deux places à bord et nous les occupons.

— Lieutenant Dessas ! se présente le pilote.

— Sergent Dubois ! fait le sans-filiste (il était funambule, mais faute de matière première il a dû se rabattre sur la radio).

Nous bouclons nos ceintures. Pinuche pousse un cri car il a pincé une partie de sa braguette dans la sangle. Mais ce ne sont là qu'incidents secondaires. Le décollage se fait en un temps record. Bientôt je peux constater que nous sommes à bord de la foudre ! Cette vitesse, mes frères ! Le monde défile sous nous comme un dingue. Les étoiles n'en reviennent pas et je vous jure qu'elles ne brillent pas ! Quant à la lune, elle est tellement épouvantée qu'elle se voile derrière un nuage plus sale que le mouchoir de Bérurier.

Je ne me rappelle plus si nous nous sommes déjà baladés en « Mystère ». Peut-être que ça vous choque, non ? Peut-être que vous vous dites dans votre Ford intérieure que tout cela ne tient pas debout. Ça ne serait pas pour m'étonner. Vous vous dites pompeusement cartésiens parce que vous êtes trop lavedus pour avoir un doigt de poésie. Dès qu'on fait appel à votre imagination, vous dégodez, les gars, parce que de l'imagination vous en avez si tellement peu, comme dirait le Gros, que vous n'arrivez même pas à vous imaginer combien votre couennerie est incommensurable. Vous avez déjà rencontré un citron moisi, j'espère ? Eh bien, faut vous faire une raison, les z'enfants — et même une oraison, car c'est vachement funèbre — mais votre cerveau ressemble à ça ! Il est aussi verdâtre et ratatiné ! Seulement vous ne vous en gaffez pas et vous continuez de vous prendre pour le peuple le plus spirituel de la terre. Comme si c'était vous (à propos de citron moisi) qui aviez découvert la pénicilline ! Bande de tronches, va ! Si ça me plaît de vous balader en « Mystère », j'ai le droit, non ?

Que je rectifie : il ne s'agit pas d'un « Mystère IV », contrairement à ce que je vous ai annoncé à l'extérieur, mais d'un Mystère Hébulldegome, les meilleurs : ceux-là ont l'eau chaude sur l'évier et la prise-rasoir au-dessus du palonnier. Certains — mais c'est à la demande du client — sont livrés avec le rince-doigts automatique, le grille-pain thermostatique et le chauffage au mazout ! On n'arrête pas le progrès, comme dirait mon valeureux camarade Henry Lapierre.

Cet appareil va plus vite qu'un moule à gaufres, tout en étant aussi confortable. Une demi-plombe après avoir quitté l'aérodrome de Chalon-sur-Saône, nous recollons au coucou de la môme Eva.

— Essayez d'entrer en liaison-radio avec eux, dis-je au sergent Dubois.

Le zig prépare sa dynamo valseuse à protubérance triple. Il défourne le glofugeur de pression ; amenuise son trufémus de protection œcuménique et après quelques graillonnements (ah ! ces gens qui se refusent à employer Astra !) il entre en communication hétéroclite avec le zinc clandé.

— Ici Bretzel 6 ! lance-t-il. J'appelle Mademoiselle Eva !

D'aucuns d'entre vous vont encore ramener leur fraise comme quoi c'est pas sérieux. Et pourtant c'est exactement de cette façon que les choses se passent. Je les transcris sans y changer une virgule — ce serait dommage.

Un temps s'écoule et la voix friponne de la petite garce déclare :

— J'écoute.

— Je vous mets en communication avec le commissaire San-Antonio ! dit le radio.

Il me passe son pétrisseur de coordination à fourche télescopique et je me hâte d'engager le dialogue.

— Hello, Eva, comment ça boume par cette belle nuit étoilée ?

— Pas trop mal, et vous, commissaire de mon cœur ? Vous vous croyez sans doute très malin parce que vous nous avez rattrapés, mais vous ignorez une chose : c'est que nous sommes loin du territoire français et que vous ne nous pouvez plus rien !

— Et ta sœur, Eva, qu'est-ce qu'elle te peut, petite friponne ? gouaillé-je.

Ça l'interloque un brin de me découvrir si mutin.

— Ecoute, Eva, tu vas dire à ton pilote de rebrousser chemin et de se poser à Nice, sinon tu vas goûter l'eau de la Méditerranée avant longtemps.

Un rire cristallin me répond.

— Vous oubliez où nous nous trouvons !

— Pas du tout, ma belle. Et pour être franc, j'ai attendu que nous soyons en pleine mer pour te causer !

— Auriez-vous l'intention de nous tirer dessus ! rigole-t-elle. Nous connaissons très bien votre type d'avion et nous savons pertinemment qu'il ne comporte pas de mitrailleuse.

Elle est vachement coriace, cette souris. C'est pas avec une tapette qu'on pourrait l'avoir, comme dirait Charpini.

Bluff pour bluff, je tente le grand coup :

— Ouvre grand tes supports à boucles d'oreilles, chérie. Tu es, bien entendu, en possession de la valise que vous m'avez si habilement subtilisée ou, plutôt, que je me suis si habilement laissé faucher ?

— Oui !

Elle ne rit plus. Une certaine âpreté dans sa voix mélodieuse me donne à comprendre qu'elle les a brusquement au vinaigre.

— Je te signale deux choses au sujet de cette valoche, poupée : primo les dollars qu'elle contient sont aussi faux que les dents d'un académicien, et deuxio qu'elle est pourvue d'un double fond.

Silence.

— Tu m'entends toujours, belle blonde au sourire de sorcière ?

— Alors ? fait-elle sèchement.

— Ne cherche pas à ouvrir le double fond, t'es pas outillée pour : il te faudrait un chalumeau oxhydrique pour y parvenir. Sous ce double fond, mon cher amour, il y a une bombe que je peux déclencher par radio. Je n'ai qu'un geste à faire pour vous déguiser en poudre à éternuer, tous. Marrant, non ?

— Vous mentez ! grince Eva.

— Si vous ne faites pas demi-tour, tu n'auras même pas le temps de te rendre compte que je n'ai pas menti. Surtout n'essayez pas de vous débarrasser de la valise en la balançant à la flotte, car si je vous vois ouvrir la porte de votre zinc je le déguise en pet de lapin ! Vous pensez bien, ma douce enfant de Pétin, que je ne me suis pas embarqué dans cette aventure sans biscuits !

A mes côtés, Pinaud exulte.

— Formide ! T'es génial, San-A. ! Penser à une combine pareille, c'est fortiche !

D'une mimique, je lui intime de la boucler. Il n'aime pas qu'on lui fasse mimique et il la ferme.

— A partir de maintenant je compte, ma poule. Comme à Cap Carnaval. Et toujours comme à Cap au bout de cinq secondes il y aura un nuage de fumée à la place de ta chétive existence. Paré !

— Attendez ! fait-elle.

— Des clous.

— Vous bluffez !

— O.K., je bluffe, mais dis-toi bien que j'ai déjà la cervelle en forme de détonateur.

« Cinq, attaqué-je... Quatre... trois... deux... »

— Ils virent de bord ! s'écrie le pilote. Bravo, commissaire, ça c'est du meuble !

Le radio renchérit :

— Vous êtes vraiment le superman de la gamberge !

— J'ai connu un gars qui voulait m'égaler, fais-je modestement, et on l'a opéré d'urgence d'une hernie au cervelet.

Je rouvre le robinet à blabla téléguidé.

— Gardez le cap sur Nice, les enfants ! Nous vous collons de près. A la moindre tentative d'arnaque, vous allez régaler les congres !

Moins d'une heure plus tard, nous atterrissons à Nice, après avoir prévenu l'aéroport de notre double arrivée. C'est pas du beau turbin, ça, mes mecs ? Reconnaissez !

CHAPITRE XVI

La porte du zoiseau s'ouvre et Eva paraît la première.

— Hello, Eva, qu'est-ce qui arrive, vous êtes toute pâle, mon lapin ? Vous n'auriez pas par hasard les surrénales qui battent de l'aile !

Elle me gratifie d'un ricanement méprisant.

— Inutile de faire le fier-à-bras, San-Antonio. Vous nous avez eus, c'est entendu, mais ça ne vous rendra ni les documents ni les otages !

— Allons toujours discuter de ça au bureau de police de l'aérogare, dis-je sans perdre mon sourire Cadum.

Avec Eva, il y a en outre dans l'avion l'homme aux rouflaquettes qui sert de pilote et le type qui me piqua la valoche : un petit bonhomme chauve à gueule d'expert-comptable sous-alimenté.

Une fois que nous sommes réunis, eux,

Pinaud et moi dans un bureau confortable, je reprends l'initiative de la conversation.

— Voyez-vous, les gars, dis-je, votre affaire est tellement mauvaise que vous ne trouveriez plus un assureur au monde qui consentirait à vous assurer sur la vie. Vous avez autant de chance d'échapper au peloton d'exécution que moi de devenir archevêque de Canterbury. Et encore !

Ils sont froids et blêmes. Des statues de marbre !

— Petite Eva jolie, tu te vois, jouant les Mata Hari devant de beaux militaires alignés devant toi ? Ces messieurs fermeraient un châsse, pas pour te faire de l'œil, mais pour viser ton joli visage ? Douze balles ! T'aurais beau leur crier : droit au cœur, comme le maréchal Ney, y a toujours des manches dans un peloton et ta jolie frimousse écoperait.

Elle fait une grimace.

— Et supposons que tu échappes au peloton, ma belle pelotée, tu irais moisir dans un cul-de-basse-fosse. C'est ce que je dis toujours aux dames de ton espèce. Et tu deviendrais si vite laide que les rats iraient au refile en t'apercevant !

— Tout cela pour en arriver à quoi ?

— Pour arriver à destination, Princesse de Méchoses. Je t'offre une chance inouïe, faramineuse et antidérapante : on reprend tous en cœur votre zinc et on retourne chez ton ami Stevens. Moi, le désert, ça me fascine. D'ac ?

Elle médite. Je m'attends à un refus de sa part, mais au lieu d'ergoter elle murmure, en me regardant jusqu'au fond du slip :

— D'accord !

T'y trompe pas, San-A. C'est un défi. Elle a une idée grosse comme l'Empire State Building derrière la tête. Elle se dit qu'une fois chez ses potes elle se tirera du mauvais pas ! Inutile de chasser ses espoirs. Pour l'instant, l'essentiel est qu'elle accepte. Le fait qu'elle ait accepté de faire demi-tour prouve qu'elle craint la mort. Elle n'envisage donc pas de se saborder avec nous au-dessus de la mer. Après, nous verrons !

— Explique à ton ami le pilote qui, si je ne m'abuse, ne comprend pas la belle langue de Montaigne. Quant à vous, le caissier, dis-je au chauve, mille regrets, mais on va vous laisser ici.

*
**

— J'y vais z'aussi ? bêle Pinaud.

— Pourquoi cette question, Honorable Mauviette ? Te dégonflerais-tu ?

— Au contraire, j'avais peur que tu ne me laissasses !

— Pas de danger. Auparavant, je vais bricoler un peu cette valise.

— Oui, dit-il. Avec cette foutue bombe faudrait pas qu'elle nous pétât au nez !

— Il n'y avait pas plus de bombe que d'ironie dans le procès-verbal d'un gendarme !

— Sans blague. C'était du bidon ?

— Et comment. Dans la vie c'est l'autorité qui importe.

Nous partons. Le pilote fait la triste bouille d'un pilote qui pilote avec un revolver sur la nuque. Ma petite camarade Eva est prostrée sur son siège ; elle ne pense plus à me chercher des patins ni à m'en rouler !

Elle se dit, la belle poitrinaire (c'est vrai qu'elle a une belle poitrine !) que le futur s'annonce plutôt mochement et qu'elle va vivre d'ici peu de temps des heures pénibles.

D'après ce qu'elle nous a bonni dans le bureau de l'aéroport, le repaire se trouve en territoire babouchien, non loin de la frontière du Misti-Frisç et à environ deux cents kilomètres de Kolom-Bey-les-Deux-Mosquées, ville réputée pour ses élevages de girafes.

Il nous faut près de quatre heures pour atteindre le terrain de nos lascars. Mais nous l'atteignons alors qu'une aube orangée met des teintes bleues sur la ligne d'horizon.

Tandis que l'appareil évolue au-dessus de la palmeraie académique, je chope miss

Eva par son gouvernail de profondeur et je lui tiens de l'autre main le langage suivant :

— Avant l'arrivée, ma gosse, je vais t'offrir à titre de prime un dernier avertissement : j'ai sur moi un truc capable de guérir la migraine d'un éléphant. Si tu ne fais pas rigoureusement ce que je te dis, c'est toi qui l'expérimenteras, vu ?

Moi, mes mecs, j'ai eu soin, avant de quitter Nice la Belle de revêtir la combinaison de Rouflaquettes. Comme quoi, lorsqu'on est poulaga on doit entrer dans toutes les combines !

Maintenant qu'on arrive, je vais vous rencarder sur mes intentions. Je l'aurais bien fait plus tôt, mais avec votre intelligence style Louis XIII (à pieds tournés) vous auriez déjà oublié. Le délicat de cette opération, c'est que nous devons l'exécuter seulabres, Pinuchart et moi. Il n'était pas possible d'entraîner des archers de la République Une et si divisible dans cette aventure à la noix, s' pas ? Soyons logiques ! Bon. Donc, mon programme le voici et le voilà :

La môme nantie de la valise rouge s'occupe de ses camarades. Moi, en combinaison blanche, je me fais passer pour le pilote et je vais délivrer les trois prisonniers. Pendant ce temps, le Révérend reste dans le coucou et continue de tenir le vrai pilote en joue. Je reviens avec mes trois petits camarades, nous remontons dans l'avion et nous repartons.

Et les plans, me direz-vous ?

Pour les plans j'ai mon idée, mais il est encore trop tôt pour vous y faire participer, d'autant plus que vous n'avez pas pris vos vitamines B 12 aujourd'hui.

J'explique la first partie de mes intentions à la Brigitte Bardot des sables.

— Tout repose sur toi, fillette. Tu coltines la valise chargée. Au moindre signe de danger, je déclenche le détonateur à ondes courtes et tout saute, y compris toi. Au contraire, si tu es franco, de port et d'emballage, tu reviens à l'avion avec nous et je fais mon feu d'artifice seulement lorsque nous serons dans les airs. Lu et approuvé ?

Elle fait un signe affirmatiff. L'avion se pose et j'ouvre la lourde. La gosse tient la valise d'une menotte tremblante.

— Pas de blague, surtout ! intimé-je en l'aidant à sauter du coucou.

Voilà Stevens qui radine dans son beau costar blanc des dimanches. Il est nu-tête car le mahomet ne cogne pas encore trop fort.

— Bonjour, mes enfants, dit-il. Vous avez du retard sur l'horaire, rien de grave ?

— Non. Mais nous nous sommes beaucoup déroutés par mesure de précaution.

— Vous avez très bien fait !

« La petite Huguette a été à la hauteur de sa tâche ? »

— Merveilleusement.

— Et votre très cher flic, le commissaire San-Antonio ?

— Eh bien, je pense qu'il doit me maudire, fait-elle avec un sang-froid qui glacerait le cœur d'un serpent.

Je salue son self-control. Cette demoiselle ferait une pointe de maîtrise que ça ne me surprendrait qu'à demi.

— Avouez que vous aviez un petit béguin pour ce beau poulet ! ricane Stevens.

Elle a un petit rire triste.

— Je crois que oui, mais les hommes sont tellement stupides...

— Donnez votre valise, Eva.

Il chope la fameuse valoche rouquinos.

— Dites, elle est lourde ! Le compte y est ?

— Il y est !

— Le patron va être content. Il a magistralement combiné tout ça, n'est-ce pas ?

— C'est un type de première, admet Eva.

Nous arrivons au bungalow.

Stevens me claque les épaules.

— Eh bien, le pilote ! fait-il en espagnol. Tu en fais une tête.

— Sommeil ! réponds-je en espagnol et

en bâillant, car je parle couramment les deux langues.

— Tu vas pouvoir dormir. Mais on va prendre un drink avant pour arroser ça !

Je voudrais décliner l'invitation, mais j'ai peur qu'en lui débitant une longue phrase il ne se rende compte que je ne suis pas son margoulin à rouflaquettes. Je les suis jusque dans la pièce principale.

— Le patron n'est pas encore levé ! dit-il, il a attendu toute la nuit et vers quatre heures il s'est mis au lit.

— Laissons-le dormir, murmure Eva.

Stevens chope trois verres sur une table en rotin, les emplit de bourbon et déclare en élevant le sien :

— Santé : Rien de tel pour dissiper les effets d'une nuit blanche.

Il boit. Eva prend son glass, moi le mien. J'ai hâte de le vider et de me tailler car cette crêpe de Stevens va fatalement piger qui je suis. D'accord, il a les yeux qui se croisent les bras because sa nuit de veille, mais quand même.

Juste comme je liquide mon godet, il m'arrive un truc affreux dans les mirettes : un jet de feu. C'est la môme Eva qui m'a balancé d'un geste précis son verre de gnole dans le regard. Tandis que je me frotte la rétine, la voilà qui m'appuie dans le creux de l'estom' quelque chose de dur qui ne doit pas être le manche de sa brosse à dents.

— Ne bougez pas, gros malin, ou vous êtes mort !

— Eva ! crie Stevens, qu'est-ce que ça signifie ?

— Vous ne reconnaissez donc pas cet homme ! Vous n'êtes guère physionomiste, mon cher !

Il m'arrache mon casque de toile.

— San-Antonio !

— Autrement dit le diable ! renchérit Eva. Ce salaud nous a possédés de A jusqu'à Z. Je vous raconterai. Mais en attendant faisons vite ! La valise contient de faux dollars et une bombe à ondes ultra-courtes qu'il peut déclencher d'une seconde à l'autre !

— S'il fait un geste, abattez-le sans hésitation ! recommande Stevens.

— Attention ! dis-je. Si vous me descendez, le détonateur risque de fonctionner. C'est un cercle vicieux, n'est-ce pas ?

Stevens a des quenouilles occultes. Il s'empare de la valise et sort rapidement en annonçant qu'il va revenir !

Moi je suis pour. Et je vous dirai pourquoi tout à l'heure. Bref, me voici seul avec la gosse.

— Eva, fais-je, tu as eu tort, douze milliards de fois tort, de me repasser. Ta dernière chance vient de s'envoler à tire-d'aile et ça n'est pas avec un filet à papillons que tu pourras jamais la rattraper.

— Ah ! vous croyez !

— Je crois, que je crois, ma petite donzelle !

Comme j'achève ces mots, une rafale de mitraillette éclate soudain à l'extérieur. Nous sursautons. Eva regarde au-dehors, et je fais de même. Au milieu du patio, il y a le cadavre de Stevens. Il a été cisaillé en deux par la rafale. La valoche en tombant s'est ouverte et les dollars jonchent le sol. D'un regard embrasé j'embrasse toute la scène. Trois hommes munis de Thomson sont là. Et vous savez qui sont ces trois tireurs d'élite ? Quincy, Ray et un homme à eux !

Eva est effondrée. Je n'ai pas la moindre, pas la plus légère, pas la plus menue difficulté à cueillir son pétard (je parle de son revolver). L'opération est aussi aisée que celle qui consiste à ramasser une violette.

— Les autres ! fait-elle. Ils nous ont retrouvés !

— Vous les aviez repassés, hein ! Et maintenant ils viennent vous offrir des pralines plombées pour le Jour de l'An !

Des Noirs réveillés radinent, armés à la va-vite ! Quelques coups de feu partent du bungalow. Les trois attaquants ripostent sec. Comment qu'ils arrosent, ces mignons ! Je viens d'identifier le troisième, mes frères : il était loqué en loufiat des wagons-lits lorsque je passais la môme

Lydia au fer à friser. Pas de doute : c'est lui qui a dessoudé la souris de Riri.

A l'extérieur le combat fait rage. On joue Alamo à tarif réduit.

Et zim ! Et boum ! Et paf ! Et toc !

Prière de recracher les noyaux après usage !

Les trois assaillants viennent de ramasser la valise rouge. Vachement heureux de l'aubaine et pigeant qu'ils n'auront pas gain de cause et que le Fort-Apache de nos espions est bien défendu, ils refoulent, lestés de la valise, jusqu'à leur autochenille. Ils doivent se dire qu'ils n'ont pas fait le voyage pour rien, vu qu'ils ne se sont pas encore aperçus qu'il s'agit de talbins de la Sainte Blague. D'autant plus qu'une voix de store (comme dit Béru) hurle :

— La mitrailleuse, sur le toit, vite, dégagez-la !

Quincy et ses comiques troupiers rembarquent. Après tout ils ont produit leur petit effet et gagné leur journée, non ? Leur auto fonce, tandis que des balles continuent de faire voler le sable autour d'elle.

— Eh bien, espèce d'abruti, dit la môme. Qu'attendez-vous pour la faire exploser votre bombe ? C'est le moment !

Je regarde ma montre.

— Je te demande encore cinq minutes de patience, ma gosse, pas une de plus !

— Pourquoi ?

— Je vais te faire une confidence : lorsque vous voliez au-dessus de la Méditerranée et que je vous ai raconté l'histoire de la bombe télécommandée, c'était du bidon.

Elle blêmit.

— Quoi !

— Mais à Nice j'ai eu l'idée de faire de ce mensonge une réalité. Il y a une bombe dans la valoche. Elle n'est pas à ondes courtes, mais tout bêtement à mouvement. Avant de quitter l'avion, je l'ai réglée pour qu'elle explose un quart d'heure après l'atterrissage. J'espérais que tu jouerais au moins mon jeu pendant quinze minutes, j'avais vu grand, hein ?

A ces mots, une colossale déflagration retentit, et vers la piste qui s'éloigne en direction du Nord, une colonne de flammes et de fumée s'élève.

— Mince, soupiré-je, on ne peut plus avoir confiance dans la fabrication d'aujourd'hui. Cette garce de bombe a explosé quatre minutes avant l'heure !

Tout en continuant de braquer Eva, je murmure en regardant le brasier :

— Il vaut mieux mourir de ça que de la scarlatine.

C'est pensé, hein ?

— Et maintenant, allons délivrer les prisonniers !

Je la pousse hors de la pièce avec le canon de mon arme. Dehors, les Noirs foncent en hurlant vers la chenillette en flammes. Ils ont raison : de cette manière j'ai ma liberté d'action.

*
**

La porte du réduit est fermée à clé, mais il n'y a qu'une différence entre Tarzan et moi : nous n'avons pas le même coiffeur. D'un coup d'épaule je démantèle le panneau of wood.

Dans la presque complète obscurité, deux masses inanimées gisent sur le plancher. J'actionne la grosse lampe à pile Houface accrochée à la cloison. Je découvre Béru et Belloise, chacun dans son rouleau de barbelés. Ils ont fini par se coucher sur les fils, à force d'épuisement. Et ils sont lacérés comme un grand-père paralysé qu'on aurait enfermé avec quatre-vingt-deux chatons espiègles.

— Béru ! Ma grosse pomme ! appelé-je doucement, mort d'appréhension.

Un soupir, et la voix du Gros :

— C'est toi, San-A. ?

— C'est moi.

— Si tu ne ramènes pas une choucroute, c'est même pas la peine de m'adresser la parole ! Ces fumiers nous ont rien donné à tortorer.

— Où est Lormont ? m'inquiété-je.

— Ici ! fait une voix.

François Lormont est là, dans une robe de chambre pourpre. Il tient une mitraillette et la braque sur moi, par-dessous le bras d'Eva, de telle manière que si je tire, c'est la fille qui écope et qu'il a tout loisir de m'envoyer le brouet.

— Par exemple ! balbutié-je.

— Défouraille ! Défouraille, mec ! tonne le Gros. C'est lui le patron ! Je sais tout !

— Taisez-vous, espèce d'ignoble braillard ! gronde Lormont. Et vous, mon bon commissaire, remettez donc votre arme à Eva.

Je hoche la tête.

— Bien joué, Lormont.

— N'est-ce pas ?

Je tends mon arme à Eva, mais, au moment où elle s'en empare, je balance un magnifique coup de pied dans la lampe qui s'éteint. Affolé, Lormont lâche sa rafale. C'est peut-être le roi des combinards, mais pour ce qui est de l'artillerie légère il n'est pas des plus doués ! Il commet l'imprudence d'arroser jusqu'au bout du chargeur, alors que le gars San-A., fils extrêmement réussi de Félicie, a pris la sage précaution d'exécuter un saut de côté. Au bout de quelques secondes le magasin est vide. Comme en tendant mon arme à Eva j'ai, mine de rien, placé le cran de sûreté, je suis à mon aise pour m'expliquer avec ces messieurs-dames. D'un formidable soufflet je fais éternuer son rouge à lèvres à la môme. Me voici face à face avec Lormont. Il saisit sa seringue par le canon. Au style je reconnais le joueur de golf consommé. Mais avant qu'il ne prenne ma hure pour une balle, il a droit à un coup de tatane dans le tiroir aux bijoux de famille.

Ça lui coupe la chique, le souffle et l'envie de bouffer de la cantharide. Il hurle et se courbe en deux. Sa frime de fumelard se trouve au bon niveau. L'avoinée que je lui mets endormirait tous les encaisseurs de la Banque de France. Je finis de le mettre K.O. d'un terrible coup de 42 fillette dans l'opaline et pour lui c'est le couvre-feu. Un coup de boule dans le museau de la môme Eva et elle repart à dame !

Je n'ai plus qu'à délivrer mes deux lascars. Ils sont plus engourdis, ces dégourdis, que le monsieur qui vient de passer cent vingt ans à l'intérieur d'une banquise. Ils saignent par tous les pores (Béru surtout).

Mais après quelques mouvements, ça va un chouïa mieux.

— Et ma choucroute ? demande le Vorace.

On dirait son frère, tant il a maigri. Il s'est laissé glisser au moins trente livres pendant son séjour ici !

— On va t'en offrir une tellement grosse que ce ne sont pas des garçons de restaurant, mais des garçons d'écurie qui te la feront bouffer !

Un coup de périscope, au loin, me montre les hommes de Lormont, dansant de joie autour du brasier, tout là-bas.

— Si vous avez un brin de force, traînez-moi ces deux personnages jusqu'à l'avion, leur dis-je. Moi, j'ai encore un petit turbin à faire.

— Quoi t'est-ce ?

— Mettre le feu à ce nid de serpents à sonnettes ! Des documents s'y trouvent. Ils brûleront avec le reste, je n'ai pas le temps de les chercher, et comme en fait ce ne sont que des photos de documents...

— Si par hasard tu dénichais un bout de pain et de saucisson, larmoie le Gros en s'attelant aux jambes d'Eva.

Boum !

Nous sursautons. Je regarde Riri. Il tient mon revolver tout fumant à la main. Lormont, le crâne éclaté, fait une grosse tache sur le plancher.

— Belloise, nom de Dieu ! hurlé-je.

— La première fois que j'ai du raisin sur les pognes, m'sieur le commissaire, balbutie-t-il, mais je regrette rien. Ce que ce salingue a pu nous faire endurer, c'est rien de le dire !

« Et puis quoi ! ajoute-t-il, après tout, on

m'avait chargé de le buter, non ? J'aurais dû le faire plus tôt ! Rien de tout cela ne se serait produit et j'aurais encore ma petite Lydia !

ÉPILOGUE

Tout en mastiquant, non pas son saucisson — car je n'en ai pas trouvé — mais son gigot froid, le Gros — ou plutôt, le Nouveau Maigre — regarde sous lui par un hublot.

— C'est bon ? lui demande Pinaud, attendri devant cet appétit farouche.

— Ça manque de mayonnaise, mais y a des circonstances où que la gourmandise c'est de la superflue ! répond philosophiquement Boulimique Ier, roi des Estomacs et empereur des Intestins.

Il ajoute, désignant le sol :

— L'avantage de ces maisons de bois, c'est qu'elles flambent bien quand c'est qu'on y met le feu !

Moi, je savoure ma joie et ma victoire en regardant le ciel infini où le soleil pète le feu. C'est bon d'avoir pu se tirer d'une affaire pareille, non ? Alors que tout semblait perdu ?

— Ce salaud de Lormont ! fais-je. Ainsi

il a voulu négocier pour son compte l'arme secrète que le gouvernement réalisait dans ses ateliers ! Un drôle de gourmand, hein ? J'ai idée que lorsqu'elle aura retrouvé ses esprits, la môme Eva en aura long à nous dire sur les activités du bonhomme.

— Sûrement, assure véhémentement Béru en mordant dans son gigot.

Il ajoute, heureux, mastiqueur, protéiné :

— Heureusement que ce mouton avait pas une jambe de bois, hein, les gars !

Nous rions en chœur. Mais moi c'est du bout des lèvres car maintenant je me pose des questions. L'une d'elles surtout me taraude : pourquoi diantre avait-on chargé Belloise de tuer Lormont puisque c'était Lormont le chef de la bande ?

Je finis par poser cette colle à Riri.

— Enfin, quoi ! dis-je, admettons que tu n'aies pas eu cette crise de conscience et que…

Mais il hausse les épaules et déclare, la bouche pleine :

— Oh ! ça va, commissaire, je préfère me mettre à table complètement. Je vous ai bourré le mou au début… Et puis après, quand j'ai compris que ça tournait au caca et qu'on m'avait pigeonné, j'ai plus osé parler… Notre rencontre à Courchevel, c'était du flan. J'avais ordre de vous jouer la comédie et de vous vendre cette salade du

Lormont que j'étais chargé de buter. M'est avis que c'est lui qui avait dû manigancer ça. Comme il s'apprêtait à disparaître, il voulait que la police sache que sa vie était menacée, comprenez-vous ? Pendant que j'effaçais votre copain, il s'est tiré en douce. Une partie de la bande, Quincy et consorts, n'était pas au parfum et s'est laissé avoir aussi... D'où leur rogne. Enfin, je vois les choses comme ça et... Ouille ! ! !

Riri s'abat, la face en avant sur son siège. C'est Béru, ivre de fureur qui vient de lui casser son manche de gigot sur le dôme.

— Que voulez-vous, c'est sûrement pas un mauvais cheval, mais j'aime pas qu'on mente à mon supérieur rachitique ! dit-il pour se justifier.

Puis, ramassant l'os brisé, il se met à en sucer la substantifique moelle.

FIN

Achevé d'imprimer le 20 mai 1981
sur les presses de l'Imprimerie Bussière
à Saint-Amand (Cher)

— N° d'impression : 759. —
Dépôt légal : 3e trimestre 1981. —
Imprimé en France

PUBLICATION MENSUELLE